クレイジーな彼とサバイバーな彼

～嘘と誤解は恋のせい～

小林典雅

白泉社花丸文庫

もくじ

クレイジーな彼とサバイバーな彼　～嘘と誤解は恋のせい～

イラスト／小椋《おぐら》ムク

「ストップ。……うーん、やっぱり尚《なお》がダメだなぁ。あっさりしすぎなんだよ。……なぁ、何度も言ってるけど、ここはお客さんも待ってましたのラブシーンなんだからさ、もっとこう、口調はツンでも隠しきれない『ナオ』の恋心が全身から滲《にじ》みでちゃう感じをだしてほしいんだよ。……おまえも曲がりなりにも役者の端くれなら、たとえ相手役を世界一嫌いでも、世界一愛してるような顔してみせなきゃダメだろ」

稽古場に響いた座長のダメ出しに、（そんなの無理に決まってるだろ、男相手に。しかもよりにもよってこいつ相手に）と喉元まで出かかるのを堪《こら》え、

「……すいません、もう一回お願いします」

と朝来野《あさくの》尚は腰から身を折って頭を下げる。

座長の梯《かけはし》継春《つぐはる》率いる「シベリアブリザード」は斬新かつマニアックな演目で一部にコアな支持層を掴《つか》んでいる小劇団で、いまは次回公演に向けての稽古の真っ最中である。

今度の舞台で尚ははじめてW《ダブル》主演のひとりに抜擢《ばってき》された。

そのこと自体は素直に嬉《うれ》しかったたし、できることなら初の主役を無事やり遂げて十日間の公演を成功させたいという気持ちに嘘《うそ》はない。

が、今回の演目の「恋する遺伝子」は、とある事情で自らの体内に他人の受精卵を植えつけて妊娠した男と、行きがかり上関《かか》わる羽目になった男が恋に落ちるという、素っ頓狂さには定評のあるシベブリ作品でも群を抜くキワモノラブストーリーだった。

デリケートなテーマを一見不謹慎に取り扱っているように思われそうな設定だが、根底には新しく生まれ来る命に真摯に向き合おうとする心に性別や血縁は関係なく、無謀な受胎をして奮闘する男と、そのパワーに引きずられるように固く纏《まと》っていた心の鎧《よろい》を外していく男を通して、誰を好きになるのもどんな生き方を選ぶのも人それぞれの自由で、皆が互いの生き方を認めあえば、すこしでも生きやすく幸せに近づけるのではないか、という梯の信念が込められている。

とはいっても、演出と脚本を手がける梯の趣味でシベブリ作品は基本コメディが多いので、今作もお涙頂戴路線ではなくスラップスティックコメディになっている。

突拍子もない作品とはいえ、『主演』という響きには抗《あらが》いがたいものがあり、男同士の恋愛という演じにくさは腹の奥底に押し隠し、台本通り演じようと尚は努力しているつもりである。

だが、奇矯《ききょう》な設定のほかにも役になりきるのが困難な点がいくつかあり、尚は苦戦を強いられていた。一つは設定が完全な虚構なのに、作中人物の造形は素の自分たちから当て書きしたとのことで、役柄の名前も生い立ちも性格もほぼノンフィクションな点である。

筋運びのために生い立ちエピソードの中にはまったくの事実無根のフィクションもあるし、本当の自分なら絶対にこうは考えないという部分も多いが、完璧な別人とも言い切れない程度に自分が投影されており、虚実半々の自分役を演じるという今までにないアプローチをしなければならない。

さらにW主演の片割れの妊夫役・六車騎一《むぐるまきいち》は個人的に尚が最も苦手とする男だった。

さすがに子供じゃないので世界一嫌いとまでは言わないが、同じ劇団員じゃなかったら進んで関わりを持とうとは思わないくらい性格も思考回路もかけ離れた存在で、そんな相手に徐々に心惹《ひ》かれて最後は身も心も開く演技をするのは正直気が重いし、抵抗感もある。

一年社会人経験をしてから劇団に入った尚と、時期を同じくして大学を中退して入団した騎一とは年は一才違いだが同期に当たり、尚の中には（こいつには負けたくない）というライバル心がひそかにある。

どんな役も面白がって挑戦する騎一にゲイ役ぐらいで難儀していると思われるのは癪《しゃく》なので、個人的好悪には蓋をして自分を消して役に入っているつもりなのに、ラブな場面の稽古に入ってから尚は連日ダメ出しの嵐を一身に浴びている。

そこまで言われるほどダメな演技じゃないと思うけど、と内心不満に思いつつ、尚はTシャツの肩先でこめかみに伝う汗を拭った。

「……でも座長、この『ナオ』はめちゃくちゃ素直じゃないツンキャラだし、そんなあからさまに恋心をダダ漏れになんかしないと思うんですけど。恋を自覚しても、ぎこちなくしかデレられないのがナオのキャラだと思うんですけど」

自分なりに台本を読み込んで、それなりに合格ラインの芝居をしているつもりなのに何度も繰り返しやり直しさせられ、自分の演技にも一応の解釈があるのだと主張すると、梯はメガネの奥の双眸《そうぼう》を細めた。

「おまえの能書きは聞いてないんだよ、悪いけど。いいから言うとおりに演《や》れ。俺がダメだっつったらダメなんだよ。大体おまえ目が全然デレてないし、絡《から》みも倦怠期《けんたいき》カップルの義務Hみたいな情熱のなさだぞ」

「……」

そんなこと言ったって、男と寝たことなんかないし、こいつの股ぐらに顔つっこんでフェラするフリとか騎乗位のフリなんて、いくらそのシーンのときは客席からは白いスクリーン越しのシルエットになると思っても稽古場ではみんなが見てるからやりにくいし……と心の中で言い訳する尚に梯が溜息《ためいき》をつきながら言った。

「いいか尚、ツンキャラはデレてはじめて価値が出るんだ。デレのないツンなんて、クリープのないコーヒー……いや、俺ブラック派だからちょっと違うな、喩《たと》え古いし。……んー、じゃあ中身の食えないウニってことにしよう。とにかく、美味な中身が食えると思えばこそあのトゲトゲの痛みに耐えられるのであって、ツンが最後までツンのままだったら、ただの痛くて可愛《かわい》げのない偏屈キャラで終わっちゃうだろうが。ツンはデレるから可愛いんだ。わかったら潔《いさぎよ》くデレろ」

びしっと指をさして言い切り、梯は「じゃあ第二幕の第四場、ナオの告白シーンからもう一度」と尚の反論を受け付けずに指示を出した。

普段の梯は団員の意見もよく聞いてくれ、気に入らない演技に灰皿を投げるような激しい怒気を発するタイプではないが、ここしばらく尚の演技には納得いかない様子を隠さず、尚もどう演じたら梯に認めてもらえるのかわからず困惑する。

とにかくもう一回やってみよう、と短く吐息を零《こぼ》して気持ちを切り替えると、尚は床に目を落として役の心を引き寄せようと集中する。

視線を上げて隣に立つ男を視界におさめると、尚は妊夫のキイチに心ならずも惹かれてしまったナオの気持ちになって口を開いた。

『……キイチ、俺はそういう、来る者拒まず的な、おまえを好きだっていうマニアなら誰でもいいみたいな扱いじゃ、いやだ……。俺は、できればおまえの特別になりたい……』

……ほら、どうよ、すごいじゃん、我ながら。

こんなこと百パーセント微塵《みじん》も欠片《かけら》も一グラムもこれっぽっちも俺本人は思っちゃいないのに、失笑もせずに切なく瞳を揺らしながら言えるなんて見上げた役者魂としか思えないけど、と内心で自画自賛しつつ、尚は技巧的にじわっと涙腺を緩ませる。

次は相手のセリフなので、テクニックを駆使してさらに涙を絞り出していると、騎一は驚いた表情からパッと嬉しそうな笑みを浮かべ、尚の両手首を掴んで引き寄せた。

『……やばい、本気でめっちゃ可愛い』

……うわー、やな感じ、日頃からさぞかしどこぞで言いつけてそうなナチュラル芝居、と思いながら、尚は演技で抱きしめてくる騎一の腕の中に身を委ねる。

劇中でも語られるが、六車騎一という人間は物事の価値判断を常識や前例ではなく自分で決めるフリーダムなマイルール男で、行動原理は楽しいと思えるか否《いな》かで、やるべきことが楽しくないなら自分で楽しくしてしまう個性派ぶりに周囲は魅了されるか毛嫌いするかのどちらかで、尚はもちろん後者である。

本当は演技でもこんなちゃらけた男に抱きしめられるのは嫌なので、ぎゅっと密着されるとつい身体《からだ》に力が入ってしまうが、ツンキャラなナオが緊張して強《こわ》ばっているという芝居をしているフリをする。

すこし目線が上になる相手の唇が、尚が根性で浮かべた涙を吸い取る演技で目元に触れた。

内心では（うえっ、ほんとに舐《な》めるなよ、五ミリ手前でフリで止めろってば）と思っていることなどおくびにも出さず、好きな相手に決死の告白を受け入れてもらえるかどうか不安と期待に揺れる表情を作ったとき、梯が丸めた台本でパシッと掌《てのひら》を鳴らした音が耳に届いた。

「……もういい。今日はここまで。みんなはお見送りダンスを一回通しで練習したら解散していいから。……尚、おまえはちょっとこっち来い」

「……はい」

いつになく目が怖い梯に天井を指さされ、屋上でマンツーマンの叱責を受けることを察して、（ついに呼び出しがかかってしまった……）と尚は内心怯《ひる》む。

梯は誰かに個人的に演技や態度を注意するとき、普通はほかのメンバーにもなにが悪いのか自分のこととして考えさせるためにみんなの前で叱る。

が、よほど逆鱗《げきりん》に触れた場合は屋上へ拉致されてサシで絞られることになっており、はじめてご指名を受けてしまった尚は、番長に体育館裏に呼び出されたもやしっこの気分でびくつきながら梯のもとに向かう。

視線の脇では稽古を見ていた役のついていない団員たちがわらわらと鏡張りの壁の前に並び、レディ・ガガのＣＤをかけて揃《そろ》った振り付けで踊りだすのが見え、尚は（あっちへ交ざりたい）と本気で思う。

今回の芝居にはないが、シベブリ作品には梯の趣味でミュージカルシーンが突如入ることが多く、毎回終演後には劇場をあとにするお客様を会場の出口で団員全員のダンスで送り出すのが恒例のお約束になっている。

最後の最後まで楽しんでお帰りいただきたいサービス精神と、役柄とは違う素のメンバーの顔を近しく見せることで新たなファンを獲得する作戦でもあり、本格的なダンスを披露しつつ、ご要望があれば握手や写真撮影などにも応じ、おひねりなどもありがたくいただくことにしている。

梯のあとについて廊下に出てドアを閉めると中の音楽がピタリと聞こえなくなる。

急にシンとしたひとけのない廊下を無言の梯とともにエレベーターに向かって進んでいると、『死刑台のエレベーター』という映画タイトルと同じ心境になる。

稽古場のあるテナントビルは、一階がコンビニで、二階がシベブリの稽古場と事務所、三階はシベブリの大道具・衣装の制作室兼倉庫、四階以降はクリニックや語学教室などが入っている六階建ての建物で、防音設計がしっかりしているので稽古場でいくらドタバタわーぎゃーうるさくしても他《ほか》の階から苦情がきたことはない。

ひとりは冷ややかな怒気で、ひとりは狼狽《ろうばい》と怯《おび》えで沈黙するふたりを乗せたエレベーターが屋上につくと、下界を走る車の走行音やクラクションが小さく聞こえてくる。

夕闇の空に薄い三日月が浮かぶ屋上のフェンス近くに立ち止まると、梯は尚を振り返って単刀直入に言った。

「おまえをナオ役から降ろそうと思う」

「え……」

まさかの通告に尚は息を飲む。

屋上に拉致られた時点でシビアな叱責を覚悟してはいたが、まさか降板と言われるとは思っていなかった。

「あの、座長、それ本気ですか……？」

焦《あせ》って聞き返すと、梯ははっきりと頷《うなず》いた。

「ああ。だっておまえ本気でナオになろうって気がないから」

「……そんなことは」

急いで否定しようとした瞬間「あるだろうが」とぴしゃりと遮られる。

「おまえはセンスあるし、小器用だからどんな役も大概うまくこなすけど、今回はまるでダメだよ。いつも言ってるだろ、『役を演じる』んじゃなくて、『役を生きろ』って。でも今回おまえは露骨に小手先だけでやってるから上《うわ》っ面《つら》もいいところで、説得力がまるでない。合体シーンの最後の『キイチ、俺、おまえと出会えて、仲良くなれて、すごく嬉しい』っていうセリフなんかモロ棒読みで情感もなにもないし。文楽の人形のほうがよっぽど心が入ってるよ。おまえ、俺の目を見て、ナオ役を自分のものにするために真剣に格闘してるって言えるか？」

「……」

見たこともないほどきつい視線でそう問われ、返す言葉もなく尚は唇を嚙《か》む。

過去にもらった役柄に比べて全力でひたむきに取り組んでいたか、と訊《き》かれたら、ナオ役はあれこれ余計な雑念が混じって無心に打ち込んでいたとは言いにくい。

自分をモデルに当て書きした役と最初から言われていたし、自分以外の誰かが演じる可能性など頭から考えておらず、そこそこの水準で演れれば文句ないだろう、という気の緩みがあったかもしれない。

なにがなんでも演りたいと熱望する役ではないが、腐っても主役を降板させられたくはなかったし、ここまで稽古も重ねてきたのに誰かに譲って平気でいられるほど役に愛着がないわけではなかった。

それにもし降板させられたら、騎一にどれだけ小馬鹿《こばか》にされるか哀れまれるか「あんな演技じゃ当然かもな」と納得されるか蔑まれるか、どの反応だとしても耐え難《がた》い屈辱だった。

どうしたら座長に考え直してもらえるか、心を入れ替えて本気でやりますと土下座すべきかと青ざめていると、梯は尚の表情を見据えながら言った。

「……へえ、やりたくないからナメくさった芝居してたわけじゃなくて、一応降りたくはないんだ？　だったらなんで最初から本気出さないんだよ。『こんなもんだろ』って役者が思いながら演じてる芝居、お客さんが夢中になって観《み》てくれると思うか？　俺だって『恋する遺伝子』は騎一と尚のキャスティングがベストだと思って書いたよ。けど、おまえ騎一との絡みになると、苦手意識が前面に出ちゃって素人《しろうと》芝居みたいになっちゃうじゃないかよ」

読み合わせのときはもうちょいマシだったのに、面と向かうとまるでダメじゃないか、

と厳しく言われ、尚は小声で、

「……それは、だってほんとにあいつのこと素で苦手だから、恋人役なんてやりにくくて……」

もし相手役がほかのメンバーだったらもうちょっと自然に演れそうな気がするのに、と思いながら口ごもると、梯は目を眇《すが》め、ギッとフェンスに背を預けた。

「甘ったれたこと言ってんなよ。じゃあおまえは相手役が自分の本物の恋人じゃなきゃまともに恋人役演じられないのか？　だれが相手だろうと関係なく演れなきゃダメだろ。きっと大竹《おおたけ》しのぶクラスの名優なら、たとえ相手役が子豚でも福山雅治《ふくやままさはる》でも同じ説得力で真に迫った演技するぞ」

「……」

それはさすがにどうなんだろうとひそかに思っていると、梯はいらいらと首筋をかいてから、じろりと視線を戻した。

「……おまえさ、いま恋人いないんだよな？」

「……え。はい」

叱責の途中で急にふられた話題転換に内心戸惑いつつ頷くと、梯はさらに続けて、

「じゃあいま誰かに恋してるとかは？　片想いでも」

「……いえ、ないですけど」

急になんなんだ、と怪訝《けげん》に思いながら尚は首を振る。

「でも二十四なんだし、恋愛経験はあるだろ？　あ、もしかして尚ってまだ童貞か？　有名劇作家のおぼっちゃまで音大出のクールビューティーって遠巻きに鑑賞されるだけで、実は交際経験なかったりする？」

「……。その質問、いま関係あるんですか？」

ぶしつけな質問に、

（なにが言いたいんだ、それに経験豊富とは言わないけど、うちの大学は女子のが多かったし、何人か積極的なお姉さまの手ほどきを受けたことはある）

と尚が内心憤然としていると、

「大アリだよ。だっておまえ、相手が騎一だからうまく役に入れないって言い訳してるけど、もしかして恋したこと自体なくない？　Hもしたことなくない？　って聞きたくなるほどラブな演技がぎこちないし。『恋する遺伝子』は男の妊娠とかいろんな要素を盛り込んでるけど、メインはラブなんだぞ」

一番大事な恋する演技が嘘くさかったら台無しなんだよ、ときっぱり言われ、尚は困惑して押し黙る。

交際経験も性体験もあるが、たしかに自ら恋焦がれた相手というわけではなかった。

でも、ほかの人だってみんながみんな小説やドラマに出てくるような熱く燃えあがる激しい恋愛を経験しているわけじゃないと思うけど、と考えこむ尚に梯が言った。

「じゃあさ、おまえの周りの友達とかに本気で好き合ってるラブラブのカップルとかいない？　そういうカップルの空気感とか醸《かも》し出す雰囲気とか見たら、おまえの演技がえらく作り物っぽいってわかると思うんだけど」

「……いえ、ちょっと身近にそういうカップルの心当たりはないんですけど……」

元々人付きあいがいいほうではなく、学生時代の友人数名とつきあいがある程度で、前の職場の同僚とはほとんど交流しておらず、いまは行動範囲が稽古場とバイト先と家だけなので、カップルとの遭遇率は低い。

でも演技って元々作り物じゃないのか、どれだけうまく作り物を本物っぽく見せられるかが役者の技量なのでは……、いま俺は技量不足を指摘されまくってるけど……と尚が心の中で思っていると、しばらく黙って考え込んでいた梯が言った。

「……とにかく、いまのおまえにいくら稽古つけてもたぶん変わらないと思うから、俺がいいって言うまでおまえはしばらく稽古に出てくるな。俺ももうちょっと考えてみるけど、おまえも初心を忘れてヌルい芝居して俺を怒らせたことをしばらくひとりで反省しろ」

たとえいま土下座したところで撤回してくれそうにない断固とした口調に、

「……わかりました……」

と、尚は悄然《しょうぜん》と頭を下げる。

梯と一緒のエレベーターに乗る勇気はなく、尚はひとりでしばし屋上でぼんやりへこんでから階段を使ってのろのろと下におりた。

ほかのメンバーが帰った無人のロッカーで稽古着から私服に着替え、とぼとぼと外に出ると、一階のコンビニの入口のそばで紙カップ入りの鶏唐《とりから》をもぐもぐ食べている騎一と目が合った。

「……」

……なんでおまえがいるんだよ、誰にも会わずに済むようにわざわざ屋上で時間潰したのになんの甲斐《かい》もないじゃないかよ、と内心舌打ちしたとき、

「最後の一個残ってるけど、食う?」

と、気楽な調子で中にミニサイズの鶏唐が一個入ったカップを差し出される。

「……いらない」

のんきに物を食べられるような心境ではなかったし、食い意地が只事《ただごと》ではなく張っている男から欠片でも奪ったら、あとで米俵で返さなければいけないような気がするのでぶっきらぼうに断ると、騎一はあっさりと、

「あ、そう。こっち見るから食いたいのかなと思って」

と言いながらパクッと最後の一個を自分の口の中に投じ、くしゃりと丸めた紙カップをコントロールよくゴミ箱に投げてから隣にやってくる。

「座長、なんだって？」

「……」

おまえには空気を読む気とか惻隠《そくいん》の情《じょう》というものはないのか、なんかいいこと言われたような顔に見えるか、これが、と胸ぐらを掴んでヒスってやりたかったが、八つ当たりしても無様さが増すだけだとなんとか自制する。

無視して通り過ぎようかと数瞬迷ったが、たとえいま黙っていたところでどうせ明日には座長からみんなに伝えられてしまうんだから隠しても意味ないか……、と尚は溜息をつき、地面に視線を落としながら言った。

「……俺、ナオ役降ろされるかも……。しばらく稽古に来るなって言われた……」

「え」

相手の目に驚き以外に哀れみや蔑みの色が浮かんでいたら屈辱なので、尚は視線を合わせないように逸《そ》らしたまま「これ明日返しといて」と最後に締めた稽古場の鍵を渡し、ふい、と向きを変えて駅に向かう。

当然のように横に並んでくる騎一に、

（なんだよ、ついてくんなよ、ちょっとは気を利かせてひとりにしてくれよ）

と思いながらも、一度弱みを晒《さら》したら、もうこいつにコケにされたくないとか情けないところは見せたくないなどと体裁を繕う気力も失《う》せて、降板と告げられたショックにどっ

ぷり首まで浸《つ》かった沈鬱な表情で、

「……どうしよう、あんな役別に好きじゃないし、いつもより全然役に集中してなかった自覚はあるけど、降板て言われたら超ショックだった……。小器用に小手先でやってるだけで役と格闘してないって、上っ滑りで嘘くさくて説得力ないって、文楽の人形のがずっと心が入ってるって、すげえ怖い目でボロクソ言われた……」

いつもは端役《はやく》でも真剣に役になりきる努力をしてきたので、あまり厳しい叱責を受けたことがなかった尚は歩道にめりこみそうな気分で敵に弱みを垂れ流す。

騎一は「ふーん」と呟《つぶや》き、

「まあ、たしかにラブシーンはいつになくナメくさった芝居してたけど、でもまだ降板ってちらつかされただけで、はっきり決定って言われたわけじゃねんだろ？　絡みの前まではそこまでダメ出しされてなかったし、座長も本気で別の奴《やつ》に代える気じゃなくて、尚に活入れるつもりで脅かしただけじゃねえかと思うけど」

「……」

……そうかな、そうだといいけど……と尚は前半部分にカチンときつつも後半部分に一縷《いちる》の希望をいだく。

梯の言葉を思い返してみると、「俺ももうちょっと考えてみる」と猶予を与えるような言い方をしていたし、「俺がいいって言うまで」と言ったからにはいずれ「いい」と言う

気はあるのかも、自分がちゃんと改心して真剣に取り組む姿勢を見せたら撤回してくれるかも、と思いたい。

騎一は続けて、

「まあ、おまえがナオ役やるのと、俺がキイチ役やるのとじゃ、全然スタンスが違うしな。俺は素の俺と役のキイチとあんまり乖離《かいり》がないから、もし台本《ホン》みたいに妊娠して子供育てなきゃいけない状況になったら、たぶん俺はホン通り胎児に『若様』ってあだ名つけたり、生まれてきてよかったって思えるようにやれることは全部やろうって、キイチと同じこと考えると思うから、あんまり演じてるって意識なくやれるけど、尚がそんな妊夫に恋するナオを自然にやれって言われても難しいと思う」

でもそれをやるのが役者だからな、と付け足されて尚は「…わかってるよ」と口の中で呟く。

騎一は「そういえば座長さ」と思い出したように口調を変えて言った。

「最近副業のほうの仕事が詰まってて相当追い詰められてるらしいから、そのフラストレーションも溜まってて虫の居所が悪くて、尚にキツい言い方になったのかもしんねーよ?」

梯はシベブリのメンバーを養うために放送作家の仕事もしており、ゴールデンのバラエティや深夜枠の芸人番組、アイドルグループの長寿番組の構成やコントのシナリオなどで小金を稼いでは団員の給料や劇団の財源に充《あ》てている。

金を食うばかりで儲《もう》からない劇団稼業《かぎょう》には見切りをつけて放送作家一本にしたほうがよほど割がいいのでは、と団員すら思うくらいだが、梯は一番制約されずに自由にやりたいことを表現できるフィールドだから、と好きこのんで貧乏劇団の運営を続けている。

ちなみに意外にも実家はかなり資産家の名家らしく、稽古場のあるビルも梯の所有という話で、芝居道楽の放蕩《ほうとう》息子のことはもう諦められて放置されているという。

騎一は軽い口調で、

「だからまあ、ここんとこ座長の機嫌が悪くて尚がターゲットだったからしんどかったかもしんねえけど、普通に反省してちゃんとやれば降板まではねんじゃね？　そんな深刻にへこまなくて平気だよ」

「……うん……」

いつも適当なことばかり言っている男の言葉ですこし気が楽になるのも癪だったが、さっきよりやや気持ちが浮上しかけたとき、梯から恋愛物なのに恋愛部分が素人芝居と言われたことを思い出す。

「……けど、俺恋する演技がてんでなってないって……」

恋したことがなさそうだとか童貞かとまで言われたことは伏せて吐息を零すと、騎一は面白がるときによくやる片方の口角だけくいっと上げる笑みを浮かべた。

「やー、相当頑張ってると思うけど。内心では俺のことを毛虫並みに嫌ってる尚にしては、かなり必死こいて仮面かぶってると思うよ？」

思わず「だろ⁉」と言いかけると、

「でもお客さんはそんな役者間の事情なんか知らねんだから、尚がほんとは俺に触られるのはゴキブリに抱きしめられてナメクジに舐められてるに等しい気持ちで吐き気を堪えて演じてるなんてわかってくんねえし、見たまま感じたまま評価するんだから、尚が気ぃ抜いた小手先芝居で妥協してたら俺の熱演がより際立《きわだ》っちゃうけど、いいの？」

「……。」

やだよ、やに決まってるだろ、おまえの引き立て役なんて。俺の引き立て役にするならいいけど。

やっぱり、どうしてももう一度チャンスがほしい。このままこいつに不戦敗したくない。

もう一度チャンスをもらえたら、そのときは絶対こいつより迫真の演技をしてみせるから、と尚はいまは自分のせいで一歩水をあけられてしまったライバルと同じ立ち位置に戻りたいと切に願う。

とりあえず数日は反省と恭順の意を示しておとなしく謹慎してから、梯から連絡がなくても稽古場の入口で正座して出待ちして土下座してお願いして本気の改心をわかってもらおうと心に決める。

駅の改札につき、反対側のホームに向かう相手の背を見ながら、たぶん騎一がコンビニ前で買い食いしていたのは単に小腹が減っていただけではなく、マンツーマンの叱責でへこむ自分を一番刺激する言葉でハッパをかけようとしてわざわざ待っていた気がして、敵に塩を送られたような不本意な気分になる。

でもおかげで降板通告の衝撃から立ち直って前よりやる気に火がついたのは事実で、尚は向かいのホームに降りたライバルに、

（首洗って待ってろよ、お節介野郎。礼は舞台で返すから。絶対このまま試合放棄なんかしないからな）

と心の中で誓った。

＊＊＊＊＊

シベブリの稽古は通常平日の十一時から十七時までで、劇団員は毎月五万円の給料をも

らっているが、生活費の不足分をバイトで補っている。

尚《なお》はバイオリンとピアノを弾ける特技を活《い》かして、メモリアルホールでの葬儀の間クラシックや生前故人が愛した韓流《ハンりゅう》ドラマのテーマ曲などを参列者のＢＧＭとして数名で生演奏するバイトをしている。

派遣事務所に登録している音大の学生や市民楽団の元団員などが都合のつく時間と場所の斎場に赴き、礼服を着て神妙な顔で小一時間演奏する仕事で、現地集合現地解散でほかの演奏者とその場限りのつきあいしかしなくていいのが尚の性に合っている。

派遣事務所からホテルのバーラウンジでのピアノ演奏や、チャペルの結婚式のオルガン演奏なども打診されたが、性格的に不向きな気がするので客あしらいのうまさや作り笑顔を強要されずに済む仕事先を選んだ。

いつもは平日の夜に一回入れている斎場の演奏バイトを、稽古場出禁にされているいまは要請があればすべて入り、空き時間には近くのカフェで台本を読み返したり、店内や街ゆくカップルの様子を観察したりして数日が過ぎた夜、待ちかねた梯《かけはし》からの電話があった。

『尚、おまえにチャンスを与えることにした』

「ほんとですか⁉　ありがとうございます！」

梯はどこか出先からかけているようで、電話の向こうに複数の人々のさざめきや静かな音楽が流れているのが漏れ聞こえる。

梯の声は多少アルコールが入っているらしくご機嫌な様子で、尚はほっとしながら明日から稽古に行ってもいいか訊こうとしたとき、

『俺いま友達と食事してるんだけどさ、うちの役者が相手役のことが苦手すぎてゲイカップルのラブさが全然醸し出せないって相談したら、素晴らしく耳よりな情報を提供してくれたんだよ。それを聞いて俺はおまえが騎一《きいち》への苦手意識を克服し、なおかつラブラブゲイカップルの生態を学んで役作りに活かせる一石二鳥の名案を思いついた！』

ひとりで盛り上がる梯に、（やっぱり結構酔ってるみたいだ……）と尚は若干引き気味に声を潜める。

「……はぁ。あの、座長、ちょっと声大きいですよ。『ゲイカップル』とか、もうちょっとトーン落としたほうが。周りに聞こえちゃいますから」

どこでしゃべっているのか知らないが、背後はざわざわした居酒屋とかではなく高級そうなレストランぽい雰囲気なのにそんな声出して大丈夫か、とシベブリメンバーの中では常識人寄りにいる尚が電話越しに窘《たしな》めると、

『コラッ、俺たちは濡《ぬ》れ場《ば》もあるゲイカップルの芝居を上演しようとしているのに、おまえがそんな腫れ物を扱うような態度でどうするっ。人が人を好きになるのは自然なことで隠すようなことじゃない。俺はいつでもどこでもしたいときに芝居の話するし、男でも女でも好きになったら堂々と口説《くど》く！』

バイを公言している梯に余計大きな声で喚《わめ》かれ、

「はい、すいません、そうでした、俺が余計なこと言いました」

焦って即詫《わ》びた尚の耳に、梯の同席者らしい相手の『主旨には同意するけど、ほんとにちょっと声大きいよ』という笑いを含んだ落ち着いた美声が聞こえた。

梯はフンと鼻を鳴らし、

『まったく尚はすぐ常識人ぶるけど、うちに入団した時点でおまえも充分常識の範疇《はんちゅう》から外れてんだぞ。……つうことで、頭の固いおまえが常識を捨ててナオ役になりきれるように若干非常識な試練を与えることにした。今週の土曜日から来週の月曜日にかけて、おまえと騎一に二泊三日ふたりで合宿してもらうことにしたから、急で悪いけど、もしバイト入れてたらキャンセルしといて』

「……え、合宿？　騎一とふたりって……どこでなにをする合宿なんですか？」

どこかでふたりで集中的に稽古する合宿なんだろうか、そんなこと突然言われても困る、土曜日って明後日《あさって》じゃないか、と眉を寄せて聞き返すと、梯はフフ、と怪しく含み笑い、

『よくぞ聞いてくれた。おまえに与える試練とは、ドロドロドロ…これはドラムロールだ、ジャジャーン、それは「無人島でのぞき」だ！』

「……は？」

聞き間違えたのかと思い、もう一度聞き返すと、

『だから無人島でのぞき。いやー、楽しそう。全然試練じゃないよね、マニアには』

「……。」

まったく意味が分からず、酔っ払いの戯言《ざれごと》かと返事をせずにいると、梯は『おいコラ、聞いてんのか、無視すんな』と電話越しに絡んでくる。

「……聞いてますけど、意味わかんないです。俺に無人島で騎一ののぞきをしろって言ってるんですか？　俺そういうマニアな趣味ないですけど、まったく」

ただでさえ謹慎中稽古を休んで遅れをとっているのに、まともな稽古もしないでそんなわけのわからないことをしている暇はない、と思いながら訊《たず》ねると、

『いや、騎一ののぞきじゃなくて、騎一と一緒にのぞきをするんだ、我らがラブラブバカップルのジンジン＆ユイユイを』

「……え？」

ますます混迷を深める梯の指令に尚は首をひねる。

ジンジンとユイユイというのは騎一がキューピッド役を買って出て縁結びをした幸せゲイカップルの和久井仁《わくいじん》と嵯峨結哉《さがゆいや》のことで、尚も顔見知りである。

結哉が騎一の中学時代からの親しい後輩という縁で稽古場に差し入れに来てくれたり、公演を観に来てくれたりするので劇団員とも親交があり、梯は『恋する遺伝子』の台本に和久井と結哉をモデルにした脇キャラを狂言回しとして登場させている。

「……ええと、まだよくわかんないんですけど、和久井さん達と一緒に俺と騎一と四人で無人島に行けってことですか？」

なに意味不明なことを、無人島ってセリフにも出てくるけど、そんな簡単に行ってこいと言われてひょいと行けるようなとこにあるわけじゃないだろうし、稽古のための合宿に劇団とは無関係の和久井さんたちを巻き込む気なのか、と怪訝な顔で訊くと、梯は滔々《とうとう》と、

『いや、四人一緒じゃなく二組はそれぞれ別行動だ。ジンジンとユイユイが週末の連休に伊豆《い ず》沖にある無人島に行くんだって。土曜日がジンジンの誕生日だから、島でふたりでお祝いするつもりらしいんだ。この千載一遇のチャンスにおまえと騎一は一足先に島に行って、ふたりに気づかれないようにキャンプしながら、こっそり遠くから双眼鏡でのぞき見してこい。ふたりはきっと誰にも見られてないと思って思いっきり羽目外して「あははーうふふー、つかまえちゃうぞー、わーダメー来ないでー、えいっ、パシャッ、わっ冷てっ、こら、やったな、お返しだ！　あーんTシャツビショ濡れになっちゃった、ドキッ張り付いてる、可愛いよユイユイ、俺のマーメイド…」的なアホクサッな感じのふたりの愛ランドごっこを恥ずかしげもなく展開するに違いない。それをつぶさに観察して、本物のゲイの恋人達が醸し出す甘い空気感を盗んで自分のものにして戻ってこい』

「……。」

二役声色を変えた長い一人芝居になにをどうつっこんだらいいのかわからず、尚はこめ

かみの頭痛に効くツボを押さえながら疲れた声を出す。

「……それって犯罪じゃないですか？　完璧にプライバシーの侵害だし、『若干非常識』どころか『超絶非常識』なんですけど」

第一なんで和久井さんたちが今週末無人島に行くとかレアな個人情報知ってるんですか、と尚が非難がましく咎《とが》めると、

『だっていまここにいる友達がその無人島のオーナーだから。ザザ・コミュニケーションズの代表取締役なんだけど、趣味で無人島ツアー会社のスポンサーになって三人の若者に任せてるんだって。一代でサクセスした成り上がりだから金の使い方がちょっとおかしくてさ、その島も恋人の名前つけたくて即金で買ったらしいし、つい最近恋人と一緒に島に行ってきたばかりで、恋人が恥ずかしがり屋で普段こっちから言わせないとなかなか『好き』って言ってくれないから、誰もいない島なら一回くらい自分から呟いてくれるかもしれないと期待して、いついかなる時にどこでポロッと言われても拾えるように、事前に島中に超小型盗聴器しかけたんだってさ』

「……。」

だからそれは犯罪だし、そんなことする人だから相手にドン引きされて「好き」って言ってもらえないんじゃ……と言葉を失う尚の耳に『だって碧海《あおみ》くん、照れ屋さんだからこうでもしないと』と悪びれずに苦笑する美声が漏れ聞こえてくる。

やっぱり変人の座長の友人は輪をかけて変人みたいだ……、ザザ・コミュニケーションズ代表の箭内《やない》氏のことはテレビで見たことがあるけど、いくらイケメンで高額納税者でも恋人の告白を聞きたいがために手段を選ばないような人とはあまり関わりたくない、と思いながら尚は言った。

「……あの座長、申し訳ないんですけど、なにかほかの方法で稽古に戻してもらえませんか？　その、いくら役作りのためでも、そんな他人のプライベートな旅行ののぞきとかしたくないですし……。もし結哉くん達にバレたらすごい恨まれるだろうし、もっと他人に迷惑かけない方法にしてもらいたいんですけど……。それに俺アウトドアとはまるっきり無縁に生きてきたので、キャンプで野外に二泊とか、ちょっと無理っぽいんですけど……」

バイオリンより重いものは持ったことがないとは言わないが、斧《おの》とか銛《もり》などは本当に持ったことがない。

インドア派なのでワイルド&ネイチャーな世界を楽しむキャンプの魅力がわからないし、不便で不衛生で面倒なイメージしかない。

なにより、騎一と個人的に三日間も朝から晩まで一緒にいるなんて絶対無理、あんながさつな適当男と一緒にいたらストレスで胃に穴が開く、と心の中で断言していると、梯はあっさり言った。

『大丈夫だって。そんな本格的なサバイバル生活しなくても済む、いろいろお膳立てが揃ってる観光用の無人島だそうだから。それに今回の場合はのぞきも盗聴もそれをネタにゆすったり公開して名誉毀損したりしなければギリギリ犯罪じゃないよ。たぶん。おまえたちの胸におさめとけばふたりは知らないんだから恨みようもないし。……けど、どうしても嫌なら二択にしてやるから好きなほうを選べ。二泊三日ウィークリーマンションの一室に食べ物を持ち込み、おまえと騎一は外出禁止で一日中大量のゲイ映画やゲイポルノを鑑賞し、ちゃんと観た証拠に全作品のシノプシスと感想と心に残ったセリフ、ナオ役に活かせる点などをレポートして提出するという合宿でもいい。こっちだと他人に迷惑かけずに役作りできるけど、無人島でののぞきとウィークリーマンションでゲイ画像漬けなら、どっちがいい？』

「……。」

どっちも最低すぎて選べない、とめまいをこらえながら、

「……あの座長、どうしても俺と騎一と一緒にいさせたいみたいですけど、苦手意識を克服させたいなら絶対逆効果ですよ。あいつと一緒にいる時間が長ければ長いほど余計苦手意識が強くなると思います」

だから変なこと言ってないで普通に稽古させてください、と言おうとしたとき、梯は非情な口調で告げた。

『課題をクリアできないならナオ役は別の奴にやらせる。これはふぬけた心構えで稽古に臨んだおまえへの罰でもあるし、演出家として今のおまえがナオ役の仮面をかぶるために必要だと思うからやらせるんだ。これはただのおふざけや遊びじゃない。北島《きたじま》マヤがヘレン・ケラーや狼《おおかみ》少女ジェーンを演じるためにどれだけ過酷な役作りをしたと思う。それに比べたら屁《へ》でもないだろう。俺におまえの本気を見せてみろ。それにおまえの騎一への苦手意識はドリアンの臭いが嫌でうまい果肉を食わず嫌いしてるようなもんで、ドリアンから離れたところにいるから臭いしかわからないんだ。強制的に一緒にいればドリアン臭に鼻が麻痺《まひ》して慣れてくるはずだ。おまえも騎一もまだ当分シベブリで頑張ってくれる気なんだろ。だったら今後も恋人役じゃないにしても一緒にやってくんだから、おまえもツンツン中身の食えないウニ面してないで、ちょっとは歩み寄る努力をしろ。……ん？　「ウニとドリアン」か、悪くないな』

次の芝居のタイトルそれにしようかな、などとぶつぶつ独語してから、

『とにかく、おまえには荒療治だろうが、これは芝居に必要な試練だ。どっちの課題にしろ合宿後に演技テストをする。そのときおまえの恋する演技の硬さや嘘くささがいまより改善されていなければ、そのときもナオ役は別の奴にするから、そのつもりで三日間本気で取り組めよ』

「……。」

どっちを選ぶか一分以内に決めろ、騎一はどっちでも面白がるだろうから、おまえに決めさせてやる、と告げられ、

（やだよ、マジかよ、どっちも嫌すぎる、でも降板もしたくない。どうしよう、どっちにしたらいいんだ。アウトドアよりはウィークリーマンションのがいいけど、ゲイポルノ三昧よりバカップル鑑賞のがまだマシか……？　けど無人島って虫とか獣とかいそうで怖いじゃんかよ、観光用とか言ってるけど、ほんとに安全なのかよ。でも騎一と一緒ということを考えると、狭い密室より広い島のほうがすこしでも離れてられるかも。それに和久井さんたちのほうがゲイポルノほど延々絡んでるわけじゃないだろうし……）

『ほら、あと十秒だぞ、尚』

背中に苦悶《くもん》の汗を滲ませ、尚は回答期限のギリギリ一秒前に消去法で「無人島」と答えたのだった。

＊＊＊＊＊

「おぉー、すっげー、碧海島《あおみじま》ってあれですよね？　俺、めっちゃ楽しみにしてたんですよ。超嬉しいです、来られて。前に和久井さんと結哉が行くって聞いたときからずっと一回来てみたかったんです、無人島」

第八泰平丸《だいはちたいへいまる》という漁船に乗って碧海島へ向かう海上で、騎一《きいち》がツアー会社の三人に向かってはしゃいだ声で言う。

その隣では漁船特有の油と魚の残り香と揺れに速攻で酔った尚《なお》が、船べりに掴まって頭を海上へつきだして呻《うめ》いていた。

碧海島へ行くには最短でも羽田《はねだ》から飛行機で伊豆沖の石田島《いしだじま》へ飛び、そこから漁船に三十分乗る必要がある。

船上で激しい吐き気と闘いながら、

(だからアウトドアなんか嫌いなんだ。船に弱い人のために直行便用意しとけよ)

と無人島に滑走路があるわけないのに無茶《むちゃ》な文句を言いたくなる。

「今日そんなに波高くないほうなんですけど、朝来野《あさくの》さん、ファイトですよ」

石田島の空港に迎えに来てくれた日野《ひの》という元気のいい小柄な男が、尚を励ましてから騎一に向き直った。

「六車《むぐるま》さんは和久井たちの知り合いなんですね。俺も元同僚なんですよ。それにしても役者さんて大変ですね、和久井たちに気づかれないように同じ日程でキャンプして役作りするなんて。ちなみにどんな役のための役作りなんですか？　誰かに追われてて見つからないように山に隠れ住む逃亡者の役とか？」

　興味津々《しんしん》な顔で訊ねる日野に、

「えーと、はい、そんな感じです。山岳ゲリラの役で、痕跡を残さないように転々と逃げ回る役なので、練習台に何も知らずにあちこち動き回る和久井さんたちに気づかれないように三日過ごしてゲリラの心を掴んでこいって言われてて」

　と騎一が笑顔で適当なことを言う。

　よくぺらぺらツルツル大嘘が出てくるな、掴んでくるのは「ゲリラ」じゃなくて「ゲイ」の心だろうが、と言いたいが、船酔いでそれどころではない。

　銀縁メガネをかけた小森谷《こもりや》という男が、

「へえ、チェ・ゲバラみたいな役なのかな。でも実際にお芝居と同じような環境に身を置いて疑似体験して本格的な役作りされるなんて、すごいですね」

「いや、毎回じゃないんですよ、宇宙人の役とかだったら本格的な疑似体験は無理ですし、」

　と騎一が笑って言うと、日野もアハハと笑う。

「六車さんって、いかにも『俺、役者なんすよ』みたいなすかした感じが全然ないですね」

……そいつは人にかっこよく思われたいとか好かれるために自分をよく見せようという気が皆無な、よくいえば天衣無縫、そのままいえば神経ワイヤー男なんですよ、と尚は心の中で呟く。

「やー、マニア受けのマイナー劇団の一役者くらいで役者面してたら、そっちのがイタい勘違い野郎じゃないですか」

からから笑う騎一を日野は興味深そうに見つめ、

「……でもなんか、なんとなく六車さんは役者でもなんでも、なにかで世に出る人みたいな気がする。うちのオーナーとどことなく雰囲気が似てるんですよね。顔の造作とかじゃなくて、顔つきっていうか目力っていうか、陽性の成功者のオーラみたいなのが出てる感じ」

「えー、ほんとですか？　嬉しいな、俺自分で演じるのも好きなんですけど、どっちかっつうと演出とか劇作のほうがやってみたいんですよ。成功できますかね」

いまは超ボロアパート住まいで成功者にはほど遠いんですけど、とまるで苦と思っている気配もなく騎一が笑うと、船を操縦する岩合《いわごう》という男が言った。

「あぁ、たしかに言われてみれば箭内さんとなんとなく雰囲気かぶるかも。基本ふざけてるんだけど、実はキレ者の爪を隠してそうなとこが」

……キレ者って誉《ほ》めすぎじゃないのか、あの変な社長と騎一がかぶるとすれば変人って

とこだけだと思うけど、と尚が内心思っていると、岩合が、

「六車さんは『いかにも俳優』感薄いけど、朝来野さんは『いかにも女優』感全開っすね、美貌もだけど、その美白クイーンっぷりが」

歯と白目部分以外真っ黒に漁師焼けした岩合の言葉に騎一が大きく頷いた。

「ですよね⁉　俺も港でいきなりいろいろ装着しだすからなに始めるんだろうって思って見てたら、こんなっちゃうから面白くて笑っちゃいました」

「……。うぇえっ」

岩合と騎一の揶揄《やゆ》に尚はこみ上げる吐き気のせいでツッコミ返しすることもできない。

たしかにそう言われてもおかしくない姿ではあるが、それは劇団の衣装とヘアメイク担当の佐分利《さぶり》から、

「こんな時季に主役にキャンプさせるなんて座長も困るわ。夏の海辺や山なんてどんだけ強烈な紫外線が飛び交ってるか……、騎一はともかく尚は絶対日焼けしないで帰ってきてよ。鼻の頭の皮がまだらに剥《む》けてたりしたらぶっとばすからね」

と厳命されたからだった。根が律儀《りちぎ》なので、尚は鼻まで隠れる女優帽をかぶった上からUVカットパーカーのフードをかぶり、SPF50・PA++++のサンプロテクトを塗り、サングラスにマスクに手袋着用で、船に酔う前には日傘もさして万全のUVケアで臨んでいた。

いまは日傘もマスクもサングラスも抛《ほう》りだして船べりにしがみついているが、

「いやー、パラソル男子ってはじめて見たよ。都会にはいるって聞いてたけどほんとにいるんだな」

と岩合に幻の生き物でも見たかのように妙に感心され、

(俺だっていつもパラソル男子なわけじゃない)

と弁解したかったが、口からは弁解の言葉ではなく胃液しか出せない。

「尚、大丈夫か？　もうちょっとで着きそうだから頑張んな。けど、そこまで吐くほど揺れてなくね？　このくらいのジャンピング感、俺は楽しいけど」

苦しむそばで騎一に能天気な言葉をかけられ、

(……どこが楽しいんだよ。全然楽しくねえよ。なんでこいつはこんな平気な顔で大はしゃぎしてるんだ。許せねえ、おまえも吐け。これが楽しいならマグロ漁船にでも乗って一生帰ってくるな)

と尚は同じ条件下なのにピンピンしている相手にひそかに殺意を抱く。

繊細な神経の持ち主が苦痛に喘《あえ》いで、図太い無神経男が平然としてるなんて世の中間違ってる、と世の不条理に憤《いきどお》りながら苦闘の三十分を耐え抜き、ようやく島に着いてよろよろと船から下りて桟橋に立つと、尚は揺れていない地面の安定感に感動すら覚えてそのまま膝を折ってその場に倒れこんだ。

そんなところに寝たら汚れるとか板が熱いとか躊躇《ちゅうちょ》する余地もなく、とにかく横になりたくて桟橋に倒れ伏すと、ふたりの滞在中の食料や水やキャンプ用品を手分けしておろしていた日野が、

「朝来野さん、もう揺れないから、ちょっと休めば復活できますからね。今日はシケてなかったから大丈夫かと思って、港で酔い止め飲むか訊かなかった俺が悪かったです。ちょっとの揺れでも酔っちゃう人は酔っちゃうのに、すいませんでした。でもここで寝てると熱中症になっちゃうから、ちょっと頑張って浜の木陰まで行きましょう」

とクーラーボックスからスポーツドリンクを取り出して「すこし飲めますか？」と尚の頭を起こしてペットボトルを口に当ててくれる。

酸っぱい味の残っていた口中に冷えたスポーツドリンクの爽やかな味が流れ込んできて、気分の悪さがやや和らいだ。

このままもうちょっとぐったり伸びていたかったが、夏の太陽がさんさんと照りつける桟橋にいたら日焼けして佐分利に怒られそうだと浜に目をやると、自力で歩いて渡るには結構な距離を感じる。

そのとき眩《まぶ》しかった視界に影が差し、太陽を背にした騎一が言った。

「おい美白クイーン、五択ね。a．浜まで姫抱っこ　b．浜までおんぶ　c．浜まで自力で匍匐《ほふく》前進　d．浜まで俺に肩を借りて歩行移動　e．誰がなんと言おうと桟橋で行き倒

れる……ほら、たったか選んで。日野さんたちはこれからもう一度石田島に戻って和久井さんたちを迎えに行かなきゃだから、こんなとこでのんびりしてる暇ねえぞ」

「……」

……こいつはすぐふざけた選択肢なんか作って、それに別にのんびりしてるわけじゃなくて具合悪くてぐったりしてるだけなのに、と尚の眉間の皺《しわ》が深くなる。

「e」と答えてその場で大の字で不貞寝《ふてね》したかったが、日野たちの都合も考えるとあまり大人げない真似《まね》もできず、尚は渋々「…じゃあ、d」と口の中で答える。

おし、と頷いた騎一が雑な扱いで尚の左腕を自分の左肩に掴まらせ、右腕で腰を掴んでぐいっと引っ張り上げる。

急に立ち上がらされ、くらりとして思わずもたれるように相手の肩にすがると、

「やっぱ、まだしんどいか。ほんとにおぼっちゃま体質だな、おまえは。いやむしろお嬢様体質か、美白クイーンだし」

と言いながら、騎一は尚の前に身をずらして軽く屈《かが》むとひょいと尚をおぶって歩き出す。

頼んだわけではないが、おぼっちゃまだのお嬢様だのと小馬鹿にしながらも一応面倒を見てくれる相手に小さく「……悪い」と礼を言うと、

「別に。俺が早く無人島探検したいだけだし。……吐きたくても俺の顔めがけてゲロぶっかけるなよ」

汚いことを言われ、思わず本当にやってやりたくなったが、あとでどんな復讐《ふくしゅう》をされるかわからないのでおとなしく首に腕を回しておぶわれる。

浜に着くと、騎一が背後を振り返りながら言った。

「日野さん、この美白クイーン軟弱だから浜で休ませるといつまでも休んでそうで埒《らち》あかないと思うんで、このままおぶって連れてっちゃうので、ベースキャンプの場所まで案内してくれませんか?」

……この野郎、いつもひとこと余計なんだよ、どうせ親切にしてくれるなら素直に感謝したくなる言い方しろよ、と尚はむっと唇をへの字に曲げる。

軟弱なぼっちゃん体質ですいませんね、おまえみたいな野生児とは違うんだよ、と思いつつも本当に軟弱なので、「おまえの世話になんかなるか!」と飛び降りて歩く体力がない身が口惜しい。

日野が申し訳なさそうに、

「そうですか? すいません、ダブルブッキングじゃなければ朝来野さんが元気になるまでゆっくり待っててあげたいんですけど……。じゃあ六車さん、お言葉に甘えて、このまま案内させてもらっていいですか? ふたりのベースキャンプはちょっと山登ったとこにある洞窟に設営するつもりなんですけど」

え、洞窟? と尚は顔を引きつらせ、騎一は「おっ、そんなのあるんだ! 楽しそうっすね！」と声を弾ませる。

日野は騎一と尚の私物の入ったリュックを背中と前にひとつずつ担《かつ》いだ格好で地図を開き、

「これ、この島の全体図なんですけど、現在地がこの浜で、和久井たちはこのツリーハウスに二泊する予定なんですね。で、たぶん昼間はこっちの入江で泳いだり、こっちの海中温泉に入ったり、気が向けばハイキングとかすると思うんですけど、たぶん洞窟は前回来たときに地震や竜巻や嵐から避難してもらった場所なので、あんまりいい思い出がないから来ないと思うんですよ。なので、六車さんたちはここを拠点にしてもらって、もし和久井たちが気まぐれおこして洞窟に来ちゃったら、六車さんたちは見つからないように逃げて、ほんとの山岳ゲリラっぽくこの辺の岩陰とか森の中とか適当な場所にツェルトを張って野宿してもらえますか？」

なんだそれ、洞窟とか野宿とかそんな話は聞いてない、お膳立てがすべて揃った観光用の無人島って言われたから、ログハウス風のコテージでもあるのかと思ってたら、ほんとにめちゃくちゃワイルド&ネイチャーなまんまじゃないかよ、と尚は騎一の背中で慄然とする。

騎一はひとりで「了解っす！」とわくわく楽しそうな声で頷き、尚を背負って日野たちのあとについて森の中に入っていく。

途中、和久井たちが過ごすツリーハウスに寄り、木でできた物置小屋にある予備のシュラフやテントやランタン、懐中電灯に電池、水中メガネやシュノーケル、釣《つ》り竿《ざお》や銛、救急箱や心肺蘇生《そせい》用のＡＥＤ、トイレットペーパーやロープや薪《まき》や燃料、蚊取り線香やチェスなどいろいろな生活備品を見せられ、もしふたりに用意した分が足りなくなったら和久井たちが出かけている隙にバレないように取りにきて持ってってください、と説明される。

木の上に作られた可愛らしいツリーハウスのそばには、竈《かまど》などがある調理場やドラム缶風呂《ふろ》などがあり、洞窟で野宿と比べたら雲泥《うんでい》のアメニティの差に、

（ちょっと待て。たしかにこっちはいろいろお膳立てが揃ってるけど、恩恵にあずかれるのは和久井さんたちだけじゃないか）

と尚が座長に騙《だま》された感でいっぱいになっていると、

「すいません、あっちの奥に見える小さいインディアンのティピーみたいのなんですか？」

と騎一が森の奥にある幌《ほろ》で覆われた三角錐《さんかくすい》のものを指差しながら言った。

騎一たちの食料の入ったコンテナボックスを抱えた小森谷が、

「ああ、あれは簡易トイレです。最初は無人島らしくトイレ作らないで穴掘ってワイルドにしてもらってたんですけど、女性客にすごい不評だったんで後から作ったんですよ。水洗ではないんですけど、いちいち穴掘らずに座ってできて、お尻も隠せる個室です」

最初はトイレがなかったなんて冗談じゃない、でもよかった、トイレができたあとで、と尚がほっとしていると、岩合が言った。

「でもあれ一カ所しかないんで、六車さんたちはすいませんけど、これで穴掘ってしてください。拭いた紙は燃やして一緒に埋めてください」

と物置からステンレス製の小さなフィールディングスコップとペーパーとマッチを取り出されて尚の顔からさあっと血の気が引く。

「OKっす。最初から野グソのつもりでいたんで、ノープロブレムです。たまにはいいっすよね。したいときにいちいちトイレまで我慢せずできるから効率的だし」

明るく言う騎一の首を尚は背後から絞めてやりたくなる。

信じられない、トイレもないしベッドもないなんて、なんでこんなとこに来ちゃったんだろう、もう帰りたい、でもいますぐあの船に乗ってまた揺られるのは辛《つら》すぎる、それにいま帰ったら確実に降板が待ってるし……、とくずおれそうな気持ちで尚は騎一の肩にぐったりと額を埋《うず》める。

「尚、大丈夫か？　早く洞窟行って寝かしてやるから待ってな」

いいよ、行きたくねえよ、休みたいけど洞窟じゃ不気味で休めねえよ、と心の中で呻く尚を背負って騎一は日野たちに飲料可能な沢の水場などを教わりながら洞窟に向かう。

山の中腹にある洞窟は何十年も前に硫黄《いおう》の採掘をした跡とのことで、かなり高さも広さも奥行きもあり、日野たちは入口からすこし入ったところに尚と騎一のベースキャンプをてきぱきと調えていく。

ウレタンマットをしいた上に二人分のシュラフを並べ、脇にガスランタンと蚊取り線香を置き、壁際《かべぎわ》にミネラルウォーターやお茶やジュースが三日分入ったクーラーボックス、隣にあたためるだけで食べられるレトルト食品や缶詰が詰まった箱とクッカーが置かれる。

日野が尚と騎一のリュックをシュラフのそばにおろし、恐縮した口調で言った。

「すいません、俺たちとしてはもっとちゃんとしたアウトドア料理を食べてもらいたかったんですけど、煮炊きする煙とか匂いとかで和久井たちに気づかれるといけないからレトルトでいいって座長さんからお達しがあったって箭内オーナーに言われちゃって」

いつも岩合がその日の朝とってきた新鮮な魚介類を食べてもらうのがうちの売りなのに、と残念そうな顔をする日野に騎一はにこやかに言った。

「や、今回は役作りのために来たんで無問題です。こちらこそ急に割り込んじゃったのに、こんなに用意してもらってありがたいです」

……それにそいつは食えればなんでもいい全身胃袋男だから、そんな気にすることないですよ、とマットに横たわりながら尚が心の中で日野に返事をしていると、

「じゃあ、今度は役作りじゃなくて、純粋に遊び目的でもう一度是非ふたりでおこしください。そしたら自慢の手作りツリーハウスに泊まってもらえるし、獲《と》れたての魚介とかバ

ーベキューとか思いっきり匂いも煙も出してうまいもの食べてもらえるし」

いや、お申し出はありがたいけど二度と来ませんから、特にこいつとは絶対、と尚が思っていると、騎一は「わー、楽しみです、是非！」と喜んで答える。

ゴミは最終日に持ち帰るのでまとめておいてください、お風呂は川で水浴びか、和久井たちがいないときに海中温泉に入るかしてもらって、石鹸《せっけん》は環境にやさしいリン無配合の手作りエコ石鹸を使ってください、などと説明を受ける。

本気でゲリラ役の役作りのためだと思ってくれているらしい日野に尚は申し訳ない気持ちになる。

本当はゲイカップルののぞきをするために来たんです、決して自分の意志ではないのですが、と心の中で弁解していると、

「じゃあ、俺たちそろそろ和久井たちを迎えに行かなきゃなので、失礼しますね。二時間後くらいには戻ってくるので、それまでに島の地形とか把握しておいてください。あと滞在中、もし緊急事態になったら夜中でもいつでも連絡ください。それから、もし和久井たちが洞窟に来ちゃった場合、身を隠すときに急いで跡形もなくこれ全部片付けるのは無理だと思うので、シュラフとかをいかにも和久井たちがいつ来て使ってくれてもいいようにあらかじめ用意してたんですよ、みたいに見えるようにきちっと並べておいてくれますか？　そしたらあいつおおらかだから、あんまり深く追究せずに『あれ、俺たちのために

用意がいいな』とか思うと思うんで」

「わかりました。そういうのはうちの美白クイーンが体調回復したら、超几帳面《きちょうめん》なのでびしっと整理整頓してくれるから大丈夫です」

なに勝手に返事してんだよ、と尚が目を据わらせていると、日野は連絡用の携帯を騎一に渡し、

「じゃあ、二日後のお昼ごろ迎えにきますので、最終日まで和久井たちに気づかれないようにゲリラの役作り頑張ってくださいね。まあ途中でバレちゃっても知り合いだから『なんだよ、いたのかよ、びっくりさせんなよ』で済むと思うんですけど、できたら最後まで見つからないでほしいな。和久井たちが迎えの船ではじめて六車さんたちを見て『えっ⁉』ってびっくりする顔拝ませてもらうの楽しみにしてますね」

と悪戯《いたずら》の共犯者のような顔で笑い、尚に「お大事に、早く復活してくださいね」と会釈して、岩合と小森谷と連れ立って洞窟を出ていった。

騎一は沈没している尚を振り返り、

「俺、ちょっと日野さんたちを見送りがてら島の様子見てくるから、尚はしばらく寝てな」

と言って出ていきかけ、

「お嬢様はこんなとこに一人で待たされるの怖いか？　ホンのナオみたいに『俺は素直じ

ゃないから、キイチに「行かないで」なんてすがったりできないんだ』って感じ？」

とニヤッとからかってくる。

尚は寝たまま目を眇め、

「誰がだよ、全然怖くなんかねえよ。早く行ってこいよ」

と吐き捨てる。

ちょっと元気出てきたじゃん、と笑って騎一が出ていったあと、尚は洞窟内に視線をさまよわせ、小さく溜息を零す。

こんなところであんな奴と三日も過ごすのかと思うと嫌すぎて暗澹《あんたん》たる気持ちになる。

ごつごつした岩肌がトンネル状に奥まで続いており、つきあたりが見えない暗闇から心なしかひんやりした空気が流れてくるようで、尚は不気味さにシュラフを顔まで引きあげて潜り込もうとして、ダニとかいたら嫌だな、と一瞬手を止める。

ざっと眺めて汚れなどないか確かめ、軽く鼻を近づけて匂いも嗅いでみると、一応ちゃんと洗ってあるようで前の人の残り香などなかったのでそのまま潜る。

ウレタンマットがしいてあるおかげで思ったより寝心地《ねごこち》は悪くなかったが、騎一用の隣のシュラフが近すぎるので、あとで離しておかなくては、と尚は思う。

こんなハードなアウトドアライフとは微塵も想像しておらず、すべてが嫌だったが、なんといっても最悪なのは野トイレで、外に穴を掘って用を足すなど人生初の、できれば一生経験したくなかった事態だった。

もし最中にタヌキとかサルとかと目が合っちゃったらどうすんだよ。いや、それくらいならまだいいけど、草むらで尻丸出しにしてるとこに毒ヘビが通りかかって嚙まれて死んだりしたら嫌すぎる。めちゃくちゃ発見時の姿が恥ずかしい死に様じゃないか。

いっそ便秘したいけど、俺どっちかっていうとストレス亢進時《こうしんじ》は下るタイプなんだよな……あんまり食べないでおこうかな、などとぐるぐる考えながらいつのまにかうとうとしていたらしく、次に目が覚めたときには額に濡れタオルが載せられていた。

「尚、起きたか。気分どうだよ、ちょっとはマシになったか？」

濡れタオルを手で押さえながらゆっくり起き上がると、さっきよりだいぶめまいと吐き気がおさまっていた。

「……ん、なんとか……」

このタオル、水道もないから川で濡らしてきてくれたのかな、と思いつつ濡れタオルを首に当てていると、

「すげえ吐き気だったたな。もしおまえが妊夫役のほうだったら、つわりに苦しむシーン、めっちゃ真に迫る名演できたのにな」

と茶化すように言いながら、騎一はクーラーボックスからスポーツドリンクを取って尚に渡す。

「それ飲んで落ち着いたら出動しようぜ。和久井さんたち着いたぞ」

さっき探検したときにツリーハウスのあたりがよく見える絶好の斥候《せっこう》ポイント見つけといたからさ、と騎一はワクワクした声で言う。

なんでこいつはこんなにいきいきと弟分カップルののぞきをする気満々なんだろう、と尚は内心引き気味に、ペットボトルに口をつけながら訊いた。

「……あのさ、おまえは結哉くんとは長いつきあいだし、和久井さんともよく知ってる仲なのに、ふたりの、その、あれやこれやを見たり聞いたりするの、抵抗ないのかよ」

俺は降板がかかってるからしょうがないとしても、おまえは別に無理に見なくてもいいのでは、と思っていると、騎一はきっぱりと言った。

「いいや、むしろ興味津々だ。あのふたりに限らず人間観察は役者にも劇作にも不可欠だし、性交渉は人間の一番取り繕えない部分が出るから、他人様がどんなこと言ったりやったりしてるのか純粋に興味がある。ＡＶとか作り物じゃないリアルな生絡みなんてそうそう見られるもんじゃねえしな」

ま、もちろん純粋じゃないスケベ心もあるけど、とニッと笑って付け足され、そっちがメインなんじゃないのか、と眉を顰《ひそ》めながら、尚は双眼鏡など斥候グッズをリュックに詰めて背負った騎一と一緒に洞窟を出る。

山中を下りていくと、木々が開けて海が見渡せる見晴らしのいい場所に着く。

突端に葉が半楕円形《はんだえんけい》にこんもり繁《しげ》った形のいい木があり、騎一はその木の下まで行くとおもむろにペッペッと両手に唾を吐き、がしっと幹を掴んで両手両足の筋力のみでまっすぐ伸びた木を登りだす。

ぎょっと目を瞠《みは》って見上げる尚の頭上で騎一は足をかける枝もほとんどない幹を腕力と脚力と根性だけで三メートルほど登り、枝分かれした部分にたどり着いて跨《また》がると、ふう、と腕で額の汗を拭いて尚を見下ろした。

尚は口をぱっかり開けたまま呆然《ぼうぜん》と騎一を見上げ、ふるふると首を振る。

「……無理。俺には無理だから。おまえすげえなっていま本気で思ったけど、俺子供の頃から木なんか登ったことないし」

一応毎日稽古場で二時間発声練習と共に筋トレもしているが、あんなサルみたいに木登りできるような筋力はない、と顔を引きつらせていると、騎一は背負っていたリュックから縄梯子《なわばしご》を取り出して太い枝にくくりつけながら言った。

「別に尚にガチで木登りさせようなんて最初から思ってねえよ。どんくさく落っこちて怪《け》我《が》されても困るしな。ほら、梯子かけてやったから登ってきな。ぐらぐら揺れて『梯子酔い』するから登れないとか言うなよ」

「……。」

……言わねえよ、そこまでは。ほんとにいつも罵りながら手助けするから感謝する気になれないんだよ、と思いながら、尚はへっぴり腰で縄梯子をよじ登る。

高い所が苦手なわけではないが、大海原《おおうなばら》を眼下におさめる眺望の良さを楽しむには三メートルの高さの木の上はスリリングで、尚は騎一に引っ張られながら枝に座ると、そばでミンミン鳴いている蝉《せみ》のように幹にしがみついた。

その様をプッと笑われ、（しょうがないだろ、アウトドアはアウェイなんだよ）と腹の中でブチブチ思っていると、尚が落ちないように木との間に挟むように密着して隣に座った騎一がリュックを漁《あさ》り、ふたつの双眼鏡とイヤホンのついたデジタルオーディオプレイヤーのようなものを取り出した。

ほい、と片方のイヤホンを差し出され、尚が「なにこれ」と問いながら片手を幹から外して受け取ると、騎一は自分の片耳にイヤホンをはめながらこともなげに言った。

「盗聴器の受信機。この島のオーナーが恋人の声を盗聴するために島中に仕掛けたらしくて、これで全方位の音を拾えるから和久井さんたちの会話を傍受しろって座長が借りてきてくれた」

けど日野さんたち、オーナーがそんな変態的なことやってるなんて知ってるのかな、尊敬してるっぽい言い方してたから、きっと内緒でほかの部下とかに仕掛けさせたのかもな、と笑いながら騎一は受信機の電源を入れる。

「お、なんか聞こえてきた。ほら、尚も早くイヤホンしな。もうここまで来ちゃったんだから腹括《くく》って余計な罪悪感や羞恥心は捨てて開き直れ。これはおまえの役作りのため、ひいては劇場に来てくれたお客さんにより質の高い演技で楽しんでいただくためだ。そのために和久井さんと結哉には尊い犠牲になってプライバシーを晒してもらうんだから、心してのぞかせてもらおう。これはただののぞきと盗聴じゃない、意味のあるのぞきと盗聴なんだ」

「……。」

いや、どんな理由があろうとのぞきはのぞきだと思う、と言いたいが、あまりにきっぱりした騎一の詭弁《きべん》に言葉を失っていると、「ほら、あのへんがツリーハウスだ」と麓を指差しながら双眼鏡を渡される。

ツリーハウスやその周辺は木々がまばらで上からでもなんとなく人の動きが見え、手の平サイズの和久井と結哉らしい人影がちょろちょろ動いている様子が肉眼でもわかった。

ふたりはツリーハウスのそばにある木のテーブルと椅子に向かい合って掛け、なにか飲みながらひとやすみしているようだった。

……ほんとにこんなことしていいのかな、よくないことはわかってるけど、やらなきゃ降板が……と葛藤しながら尚は渡されたイヤホンをおずおずと片耳に入れる。

『……また来ちゃったね、碧海島《あおみじま》』

まるですぐ近くで話しているかのような鮮明さで、双眼鏡で確かめなくても口調だけで満面の笑みが想像できるような和久井の声が聞こえてきた。

結構な距離があるのにすごい性能だな、さすがザザ・コミュニケーションズ代表取締役ご用達《ようたし》のハイテク盗聴器、と妙な感心をしながら耳を澄ませると、

『はい、また来ちゃいましたね。本当にもう一度碧海島に来られて嬉しいです。前のモニターツアーのときは地震とか嵐とかで島を満喫できなかったから、今回は二泊三日も和久井さんとふたりっきりで、島探検とかもできるって思ったら、僕、昨夜《ゆうべ》はワクワクして全然眠れなかったです』

こちらも負けず劣らず嬉しそうな結哉の声に、（ごめん、ふたりっきりじゃなくて）と尚は心の中で詫びる。

『俺も島に着いたら今度は結哉とどんなことしていちゃくらしようか考えてたら興奮してよく眠れなかったよ。……結哉、悪いけど、昨夜一睡もしてなくても、今夜も寝かさないからね？　なんちゃって、なんちゃってー』

なんちゃってってしらじらしく付け足してるけど、明らかに本気だろう、という騎一のツッコミに思わず同意すると、

『もう、和久井さんてば冗談ばっかり。……でも、あの、もしほんとに朝までとかでも、僕は全然構わないので……。僕、和久井さんにはなにをしてもらっても嬉しいから……』

『ほんとに？　五十時間耐久とかしても怒らない？』

それはさすがに人間のオスには無理だろう、という騎一の呟きにかぶさるように、結哉の声が、

『えっと、はい、どうぞ、よかったら……。今日は和久井さんのお誕生日だし…、「プレゼントは物じゃなくて、また一緒に碧海島に行ってほしい」って言われたときから、この三日間はいつにもましてなんでも和久井さんの好きなことしてあげたいし、なんでもしてもらいたいなって思って、そのつもりで覚悟してきました』

覚悟が必要なことをする気なのか……？　と尚が内心狼狽していると、

『……嘘、どうしよう、嬉しすぎて「俺の好きな子は、言葉だけで俺を達《い》かそうとする超絶テクニシャンなんですっ！」ってあやうく絶叫しそうになっちゃった』

アホだな、この人、と呟く騎一に尚は再びコクリと同意する。

『もう叫んじゃったじゃないですか、森に響き渡るような声で。誰も聞いてなくても恥ずかしいです……』

『ごめんね、結哉のほかにはたぶんリスくらいしか聞いてないから許して？　自分でも浮かれすぎててこっぱずかしいけど、こんな夢のシチュエーションで二十七歳の誕生日を迎えられるなんて幸せすぎて舞い上がっちゃって。……ねぇ結哉、なんでも俺のいうこと聞いてくれるなら、まず手始めにこっち来て俺の膝に乗って、ちゅーして？』

『えー、……わかりました……』

どうせ素直にやるなら「えー」とか言ってんじゃねえ、などと騎一がいちいち横で茶々を入れるので照れくささに水を差されて悶絶《もんぜつ》せずに済むが、そうでなければ直視できないバカップルぶりである。

なんの拷問だ、俺のゲイ演技が下手《へた》なせいとはいえ、こんな口からグラニュー糖を吐くレベルの甘ったるいいちゃいちゃを延々見聞きしなくちゃいけないなんて、最後まで耐えられるかまるで自信がない……と尚はいたたまれずに双眼鏡を膝に下ろす。

イヤホンからは、えへへと照れ笑いする気配のあとチュッと軽いリップ音が聞こえた。

それだけでも耳の穴をかきむしりたくなるこそばゆさだったのに、すぐにキスがディープなものに変わり、ぴちゃぴちゃ舌を絡ませ合う音と、ふたりの吐息やエロチックで甘いトーンの囁《ささや》き声《ごえ》が絶え間なく聞こえてくる。

『……ン、んん、…ぅん…あふ…』

『…結哉の舌、可愛くて、甘くて超美味《おい》しい……』

『ん、あぁ、和久井さんの舌も、…きもちい…嚙まれるのも、好き……』

『…あむあむ…こんな感じ？』

『ウン、そう…かぷかぷって…あん』

こっぱずかしいことをしている張本人たちより聞いているこちらのほうがよほど恥ずかしくて、尚は羞恥のあまり海に向かって「ぎゃー！」と叫びたい衝動に駆られる。

尚は真っ赤になって荒行中の修行僧のような形相で目を閉じ、仕方なく音声だけ聞いていると、

『はぁ、ねぇ結哉、……来て早々だけど、もう…してもいい？　早すぎる？　夜まで待たなきゃダメ……？』

……え、まさかもうおっぱじめる気か？　早すぎだろ、夜まで待てよ、あんな揺れる漁船で来たばっかりなのに船酔いもせずにゲイポルノより速攻で濡れ場に突入かよ、と尚は愕然《がくぜん》として目を見開く。

シャイな結哉が恥ずかしがって真っ昼間からサカる恋人を諌《いさ》めるかと思いきや、

『うん…、待たなくて、大丈夫です……。この島にいる間は、いつでも、どこでも、和久井さんのしたいときに、してください……。僕、和久井さんに欲しがってもらえるの、すごく嬉しいから、遠慮とかしないで、いっぱい、思いっきり、して……？』

……おいおい、諌めるどころか結哉くんまでサカってるよ、と尚はくらりとしてごちんと幹に頭を打ちつけそうになる。

（……聞きしに勝るバカップルぶりだけど、ホンのナオはこんな従順なエロカワキャラじゃないし、役のキイチも和久井さんみたいにデレまくりのベタベタキャラじゃないのに、これをどう参考にしたらいいんだ）

と困惑していると、肉眼ではミニチュアサイズの和久井がガタッと膝に乗せた結哉を抱

えて立ち上がり、勢いよく手近な木に突進して結哉を幹にもたれるように立たせるのが見えた。

ほんとにそんなとこではじめちゃうのかよ、外だぞ、早まるな、せめてツリーハウスのベッドまで我慢しろよ、と思わず下ろしていた双眼鏡で確かめると、和久井は木に押し付けた結哉の唇を激しく貪りながら、結哉のボトムの前たてを寛《くつろ》げてそのまま地面に両膝をつく。

『……俺しか見てないけど、森の中で、木漏れ日の下でこんなとこ出しちゃうの、恥ずかしい？　それとも、ちょっと興奮する……？』

おまえが出したんじゃねえか、とツッコむ騎一に「ほんとだよ」と尚も呆《あき》れて頷く。

『は、はい、すごく恥ずかしいけど、でも、外とか、初めてだから、すごいドキドキしちゃう……あっ、あん！』

和久井が結哉の脚の間に顔を埋めてしゃぶりつくように頭を動かしはじめ、結哉が両手で口を押さえて顔を仰のかせたとき、尚は再びいたたまれずに双眼鏡を外した。

やっぱりこんなのマズいだろう。たとえバレないとしても和久井さんたちに申し訳ないし、俺が一番恥ずかしくて死にそうだよ、とイヤホンも取ろうとすると、

「尚、おまえのフェラ演技、頭の動かし方が全然足りてねえな。舞台でもあれぐらい夢中な感じでやんねえと」

と騎一に指摘され、「えっ？」と尚は思わずもう一度双眼鏡をのぞく。

「……嘘、あんな高速で縦振りしなきゃダメか？　はしたなすぎだろ、いくらなんでも……」

「愛あるゲイカップルはあれくらいやんだよ、本物さんの場合」

梯からラブシーンの自分の演技を「倦怠期の義務Hのよう」と評されたことを思い出し、たしかに夢中感を出すにはあれくらいやるべきなのか？　と思いながら観察を続けていると、じゅぷじゅぷ音を立てて結哉の性器を舐めしゃぶっていた和久井が、

『……結哉、手外して声聞かせて？　俺しか聞いてないから……』

『い、嫌…だって、きっと変な声、出ちゃう……』

『平気、俺とリスしか聞いてないから、結哉の変な声聞かせて？　全然変じゃなくて、可愛いだけだし』

『ん、でも、あっ、すご、きもちよくて…っ…おっきい声、出ちゃうからっ……』

幹に後頭部をすりつけるようにかぶりを振り、真っ赤な顔でまたしっかり手で口を塞いでしまう結哉に、和久井が普段からは想像もつかないような卑猥《ひわい》な声で訊く。

『……どこが気持ちいいの？　ここ？　さきっぽ？　おちんちん、全部……？』

『……やっ、…そんな直接、言っちゃダメ……』

『……だって、じゃあほかになんて言えばいいの？　結哉の好きな呼び方してあげるから、

教えて？　ユイユイの甘くて美味しいキャンディーバーとか？　ユイユイの斬鉄剣とか？』

『……いや、そんな変なの…、もう和久井さん、騎一先輩の変なセリフがいっぱい書いてあるアンケのことは、忘れてって言ったのに……』

秘密の盗聴中に突如話題に上った名前に尚はギョッとして、

「……おまえ、なにやってんの？　あのふたりにアンケとかって」

しかもなにやら変な単語がボンボン出てくるような怪しいものを、と視線で咎めると、騎一はしれっと首を竦《すく》めながら言った。

「別に普通にキューピッド役を果たしたまでだよ。結哉が隣人の和久井さんにずっと叶《かな》わぬ片想いしてたときに、大学の授業で使うアンケートに協力してくださいっていう口実でお近づきになるチャンスを作ってやったわけよ。そっちは割とまともな偽《にせ》アンケだったんだけど、無事くっついたあとにオプションで、夜の営みに軽くバリエーション増やせるようにシチュエーションプレイ的なセリフをふざけて書いたプチアンケを作ってやったら、どうやら和久井さんには好評だったらしい」

「……」

……普通のキューピッドならもっとまともな方法を取るんじゃないのか、偽アンケート作戦なんてわけのわからないことを思いつくのはこいつくらいだと思うけど、でもそんな方法で本当にカップルを成立させちゃったんだから、やっぱりこいつの手腕は侮《あなど》れないってことか……？　と思っていると、下界のバカップルはますます箍《たが》が外れる一方で、

『……ねえ、結哉の可愛いおちんちん舐めながらおっぱいも弄《いじ》りたいから、両手でTシャツまくってくれる？』

『……え……いや……恥ずかしい……』

『ダメ。嫌はなし。誕生日プレゼントになんでもしてくれるんだよね？　結哉が青空の下で自分でシャツぴらってまくって可愛い乳首ポロッて出しちゃうとこ、見たくてたまんないから、やって？』

……前から隠れ変態とは思ってたけど、もはや隠す気ねえな、この人、とツッコむ騎一に激しく同意したいが、口を開くと羞恥で悲鳴をあげてしまいそうで返事もできず、尚は赤面したまま必死に奥歯を嚙み締める。

『……あの、じゃあ、やりますけど、でも、和久井さんて、前に来たときもそうだったけど、どうしてこの島に来るといかがわしすぎる和久井さんになっちゃうの……？』

『……んー、この開放感のせい？　元々結哉に関してはムッツリスケベな自覚あるんだけど、ここだと誰もいないからムッツリが取れて、ただのスケベ全開になっちゃうみたい。……こんな残念な俺、嫌？　もっと嫌われないようにかっこつけるべき？』

『ううん、すごく恥ずかしいけど、ほんとは、爽やかな顔してエッチな和久井さんも……

ドキドキして、好きだから……』

なら最初からやだやだ言わずにさっさとやれよ、立派なムッツリ同士なんだからよ、と手厳しく叱る騎一に、

「……いや、一応最初はたしなみで『イヤ』って羞《は》じらってから素直にやるのがよりそそるんじゃないの？　よくわかんないけど」

とついいらぬフォローをしてしまう。

頬を真っ赤に染めた結哉がそろそろと裾をまくって胸までたくしあげると、地面に跪《ひざまず》いていた和久井ががばっと跳ね起きて、ちゅうぅっとすごい音で乳首に吸いつき、もう片方の尖《とが》りも指先でぐにぐにと弄ぶ。

『あ、あ、気持ちい、乳首、きもちいい、やっ、やん、んん、はっ』

言われるまま自ら愛撫《あいぶ》を乞うようにたくしあげるいたいけな姿で、はふはふ浅い吐息を零して悶《もだ》える結哉の乳首に食らいつき、口中で味わったり、舌を出して舌先でれろれろと上下左右に弾《はじ》いては甘噛みしたり、和久井はふたつの乳首をかわるがわる執拗《しつよう》に舐《ねぶ》る。

和久井は乳首を食《は》みながら勃《た》ちあがった性器と嚢《ふくろ》も大きな手で一緒に掴んで捏《こ》ねまわし、結哉に切れ切れの乱れた音階の歌を囀《さえず》らせる。

唾液を滴《したた》らせて乳首から舌を離した和久井が、くたっと力が抜けて幹にもたれかかる結哉の身体を裏返し、幹にすがらせてボトムを下着ごと引きずり下ろした。

『結哉、あのね、今回はちゃんとゴムもローションもいっぱい準備してきたんだけど、それはまたあとで使うから、…いまは、アレしてもいい？』

アレってなんだ？　と尚が思っていると、

『えっ、なに、舐めるの……？　いや、このまま待ってるから、用意してくれたの、取ってきて使ってください……』

『やだ、俺が待てない。それに俺、結哉のお尻舐めるの大好きなんだもん』

堂々と言っちゃったよ、変態発言を、と呟く騎一の横で、尚は羞恥で木から転げ落ちそうになり、再び赤面した修行僧と化してぎゅっと目を閉じる。

『あ、だって、荷物すぐそこなのにっ…あ、いや、ダメ、それいや、ぃやぁあーっ！』

でけえ声だな、どうせきっと何度も舐めさせててすぐあんあん言い出すだろうに、と言いながら騎一が音量を小さくする。

ぴちゃぴちゃちゅぷちゅぷいう淫《みだ》らな音と、騎一の予想どおり甘い喘ぎになっていく結哉の声にチラ、と薄目を開けると、結哉は幹を掴んで腰を突き出し、和久井はその白い尻に顔を埋めて舐め回している。

『あ、あ、やっ、そんなぬるぬるに舐めちゃ、ダメ…、恥ずかしっ、から…あ、あぁんっ』

『…でも、結哉のここ、俺が舐めると可愛くひくひくするから、もっとぬるぬるにして、にちゃにちゃにしたくなっちゃう……』

『や、お願い、そういうこと言うの、やめて…、和久井さんにやらしいこと言われると、恥ずかしいのに、すごく…感じちゃうから…っ…』

『……もう結哉エロ可愛すぎてヤバい。お尻舐めてるだけで達きそう。…ね、指入れるよ？』

『んあっ、…あ、中、そんなぐるぐるかき回しちゃ…やぁっ、そこ、いいっ……！』

『ここ好き？　このこりこりしたとこ、あとで俺のでいっぱい擦らせて？』

『う、うん、うん、して…？　和久井さんのおっきいので、ごりごりされたい……』

『……あぁもう、そんなこと言われたら我慢できなくなっちゃう。ねぇ、もう挿《い》れていい？　早く結哉に入りたい、これ挿れて中できゅうきゅうされたい』

『んん、いれて、いれて、いますぐ。和久井さんの熱くて硬いの、すぐいれて、そこに』

『こら、だから言葉だけで達かそうとしちゃダメだって。ちゃんと結哉の中で達かせて？』

『ウン、きて……あっ、あぁぁんっ、和久井さんのが、ぐぅって、くる、奥に……きもちい…っ…』

『……あー、俺も気持ちいいよ、すごく……』

『ほ、ほんと？　よかった……』

『もう動いていい？　すぐ激しくしていい？』

『うん、して、すぐして、強く…アッ、ひぁっ、あんっ、やっ、やぁ、やぁん！』

『……ねぇ、イイの？　やなの？　どっち……？』

　そんなのわかりきっててんじゃねえかよ、とツッコむ騎一に「そういうプレイなんだろ」と尚は赤面しながら窘める。

『……い、イイ、イイの、すごく…いいのに、「や」って、勝手に口から出ちゃうの……』

『ん、わかってる……だって結哉の中、俺のこと「大好き、離れないで」って言ってるみたいにきゅうきゅう締めてくれるから』

『うん、ほんとに好き…、一番好き、和久井さんのこと、どうにかなりそうに大好き……あん、あんっ』

『俺も一番好きだよ、結哉が可愛すぎて、人格変わっちゃうくらい大好き』

『あ、平気、どんな和久井さんも好き……あぁ、おっきく……あんんっ』

　和久井の腰を打ち付ける動きが速まり、結哉も恍惚《こうこつ》の表情でよがりながら腰を振りたくり、尚は見ていられずにみたびぎゅっと目を閉じる。

『ヤバい、もう達きそう、結哉の中、よすぎて保《も》たなそう…っ…』

『ぼ、僕ももうっ…あぁイイ、すご、お尻気持ちいい、和久井さ、の、…きもちいぃっ……』

『…ね、一緒にイこ？　中に出してい…？』

『ン、ウン、出して、出して』

『ん、出すよ、中に……』

『あぁ、くるっ、イイ、熱い、イク、イっちゃう、出ちゃう、あぁあんっ……！』

『……は、ぁ……ごめん、いっぱい出ちゃった……』

『……んん、いいの…和久井さんので、奥いっぱいに濡らしてもらうの、好きだから……あ、あれ、また……？』

『だって結哉がエロ可愛いこと言って煽《あお》るから……ね、このまま、またいい？』

『…あ、……うん…、抜かないで、このまま、して……？　僕も、もっと、欲しいから……あ、あぁ、はぁんっ』

（……え、嘘、マジかよ……）

やっと終わったかと思った途端、まさかの第二ラウンド突入に、

（嘘だろ、またかよ、続けざまかよ、ふたりとも体力ありすぎだろ。こんなことなら無人島アウトドアよりウィークリーマンションでゲイポルノ三昧のほうが住環境的にマシだったかも）

と悔やんでいたとき、つん、と目元に触れられた感触に閉じていた瞼《まぶた》を開けると、すぐ隣から指を伸ばす騎一と視線が合った。

「……なに？　なんかついてた？　まさか虫……？」

「いや、エロカップルより、尚の羞恥に悶える百面相のが面白《おもしれ》えなと思って見てたら、すげえ睫長《まつげなげ》えから触ってみたくなった」

「……」

なんだよ、スキンシップが好きな男だな、それに知らない間に変な顔して悶絶してるとこなんか見てんじゃねえ、と尚は薄赤くなりながら口を尖らせて、

「……俺を観察対象にするな。…それよりさ、このふたり、ずっと張りついて観察してなくても、きっと四六時中サカってそうだから、ちょっとインターバルあけないか？」

今日は朝から肉体的にも精神的にも疲労困憊《こんぱい》で、ちょっと休まないとダメージが大きすぎる、と目で訴えると、騎一は「そうだな」と頷いて、

「腹も減ったし、続きは飯食ってからにするか」

「……え」

いま食うって言ったか、よく顔見知りの生現場なんか見たあと平気で物食う気になれるな、俺なんかとてもじゃないけど食欲なんかねえよ、と尚は騎一の図太さに呆れ返る。

よろよろしながら縄梯子をおり、再び山中を歩いて洞窟へ向かう。

木立の間からピーチチチ、と鳥の声など聞こえるが、森林浴を楽しむ余裕もなく、尚は洞窟に戻ると自分のシュラフに倒れ込んだ。

「なんだよ、おまえまだ船酔いがおさまってねえのに無理してたのか？」

そばにしゃがんだ騎一《きいち》にくしゃっと髪を撫《な》でられ、尚《なお》は「違うけど、めちゃくちゃ疲れた……」とシュラフに突っ伏したまま言った。

「……おまえ、よく平気だな。知り合いの…あんなの見ちゃって。……なんか普段のふたりからは全然想像できないくらいかっとばしてて……、あのふたりのことだから、勝手にもっと可愛くいちゃくちゃくらするのかと思ってたから、ちょっと刺激強すぎて、初っ端から消耗した……」

いま見聞きしたばかりの光景を思い出してかぁっと赤面する尚に、騎一はあっさり言った。

「のぞきっていう行為の是非は置いといて、エロいこと自体は別に悪いことじゃねえじゃん。好きなら当然のことだし、両想いHって俺は正義だと思うけど。変態化しようが、淫乱化しようが、本人たちが幸せならいいことなんだよ。だから照れずに祝福してやりゃあいいの。尚はエロいことを悪いこととか後ろめたいことと思ってるからそんな照れくさいんじゃね？　それに、俺は結哉《ゆいや》が和久井《わくい》さんを前にするとド緊張して全然しゃべれなかったり、せっかく和久井さんが振り向いてくれたのに、男の自分なんか恋人にふさわしくないとか超自信なくて後ろ向きで、和久井さんも手ぇ出しかねて、ふたりしてもだジレジレしてたときとか知ってるから、さっきすげえ率直にいろいろ言いあってて、成長したなっつうか、やっとお互いの前でも本音を晒せるようになって、ほんとの恋人同士になれたんだなとか思って、うっかり花嫁の父的に『よかったな』って微笑《ほほえ》ましく見守っちまったよ」

「……ふうん」

あの完璧にできあがってるバカップルにそんなぎくしゃくしたときがあったとは意外だったが、あんな臆面もない野外プレイを微笑ましく見守れるこいつの神経がよくわからないし、本人たちはめちゃくちゃ満足だろうけど、それをこれから何回も見なきゃいけないこっちは息も絶え絶えで身の置き所がない、と尚は吐息を洩《も》らす。

騎一が「よし、じゃあなに食おうか」とウキウキと保存食の入った箱を物色するのを横目に見ながら、

「……俺はいい。あんまり食欲ないし。おまえ俺の分も食べていいよ。日野《ひの》さんたちが用意してくれた普通の一人前のカウントじゃおまえの一食分には足りないだろ」

「え、いいの？　でも食わなきゃ保たねえぞ？」

アウトドア用のターボストーブに火をつけ、水を入れたコッフェルを上に載せながら言った騎一に尚は小声で、

「……だって、食うと出さなきゃいけないじゃん」

外でタヌキやサルの目を見ながらするくらいなら断食《だんじき》したほうがいい、と口ごもると、

騎一はフリーズドライの白米とレトルトのカレーを二人分取り出しながら言った。

「なに言ってんだよ、おまえほんとにお嬢様みてえな奴だな。たいして揺れてもない船で速攻酔うし、生絡みを前にして興奮するどころか真っ赤になって苦行みたいな顔して耐えてるし、美白クイーンだし、野グソも嫌がるし。いいか、野グソは究極のエコ&リサイクルだ。大地の恵みを食って出たものが地中のバクテリアによって分解され、新しい芽を育てる土壌の栄養分に還《かえ》るんだ。男ならサルにガン見されても堂々と脱糞《だっぷん》しろ」

「……。」

いや、無理だよ、そんなきっぱり言われたっておまえじゃないから堂々とそんなことできるか、と尚は心の中で喚く。

まったくこんな突然石器時代にタイムスリップしても平気で生き延びそうな男と三日も過ごすなんて俺には耐えられない……とよろめきながら起き上がり、尚は自分のリュックを引き寄せた。

座長からキャンプ中の食料はツアー会社が用意してくれると聞いていたが、偏食なので食べられないものもあるかと思い、一応非常食に家にあったカロリーメイトを持ってきていた。

食欲もないし、もうこれで乗り切って野トイレの回数を減らそうとカロリーメイトの箱から小袋を取り出す。

「騎一、俺、もうさっきの生絡みで充分おなかいっぱいだから、いまはこれだけにしとく。ほんとにそのカレーはおまえが二人前食べていいから」

カロリーメイトを出すついでに台本も取り出すと、騎一は目を瞠って、

「わざわざホン持ってきたんだ、こんなとこまで。やっぱ真面目《まじめ》だな、さすが元公務員」

別に公務員でも真面目じゃない奴もいるけどな、と思いつつ、尚は素っ気なく言った。

「ここには遊びに来たわけじゃないんだから、当然だろ」

「嘘、俺持ってこなかった。すっかり遊びの気でいたし。…ま、セリフ全部入ってるから、いっか」

「……。」

俺も入ってるけど、心構えとして持ってきたんだよ、と尚が口を尖らせていると、騎一は沸騰したお湯を白米に注ぎ、残りの湯にカレーのレトルトパウチを浸けながら言った。

「……深く聞いたことなかったけど、なんで尚って公務員辞めて劇団に入ったの？　それもまっとうな劇団じゃなくて、こともあろうにシベブリ選んじゃったの？」

おまえも団員だろうが、と思いながら、

「……悪いかよ」

魔が差したんだよ、人生そういうこともあるだろ、とつっけんどんに言うと、

「いや、全然悪かねえけど、尚って目立ちたがりじゃねえし、基本暗いじゃん。重厚なシ

ェイクスピア劇とかやる劇団ならまだしもなんでシベブリ選んだのかなって一回聞いてみたかったんだ」

でも尚、意外とアホな役も嫌がらずに真面目にやってるし、メンバーがぎゃはぎゃは騒いでる横で「この人たちと僕は無関係ですから」みたいな顔しつつもちゃんと一緒にいるし、シベブリカラーに染まってなさそうで結構馴染《なじ》んでるよな、と続けられ、(まあ、そうかもしれない)とひそかに思う。

人気劇作家の父親は家庭人としては不適格で幼い頃から心の疎通がなく、父親の属する世界とは離れて生きていこうと思っていたが、息苦しい家から逃避するために打ち込んだバイオリンも演奏家になれるほどの才はなく、なにがしたいのか見つからないまま就職したものの、なにか違う、という思いがいつもつきまとっていた。

そんなとき、学生時代の友人から小劇団の劇中ミュージカルシーンの生演奏の助っ人を頼まれて渋々引き受けることになり、コミカルな芝居に合わせて曲を弾いたり止めたり、音を出すタイミングと間で笑わせる演出に懸命に応《こた》えようとしているうち、座長やメンバーの熱さに当てられて自分まで常にない高揚感にとりつかれていた。

夢中で過ぎた七日間の公演終了後に梯《かけはし》から、

「君、また機会があったらうちでやってくれないかな。あぁ、でも裏方の演奏だけじゃもったいないな、この王子様フェイス。演技とか芝居に興味ない？　君、コメディの間の取り方とか勘がいいんだよ。天性のなんかいいもの持ってると思う。うちで役者やってみる気ないかな」

とスカウトされ、とんでもない、と最初は思ったが、父親のことを知らないでかけられた言葉に、父のネームバリューではなく自分自身の持つなにかを買ってくれたのかもと心が揺れた。

自分にコメディセンスや演技力があるとはとても思えなかったが、母が生きていた頃は一緒に父の舞台を観ていたので多少素地になっていたかもしれず、なにより一度でも当事者として稽古場の熱気や本番の魔力を知ってしまうと忘れるのは難しいことだった。

自分の出す音ひとつで客席が沸いた瞬間のような興奮を、今度は演技で感じられたら、とうっかり思ってしまい、一カ月悩んだ末に入団を決めた。

自分らしくない選択だという自覚はあったが、劇団の濃いメンバーたちは無理に合わせようとしなくても素の尚をそのまま受け入れてくれ、「ここには居場所がある」と感じられたし、自分ではない誰かになる楽しさや、みんなでひとつのものを作り上げる喜びは何物にも代えがたく、安定した生活とは無縁になってもここで頑張りたい、と思えた。

「……おまえこそ、なんでT大中退でシベブリ選んじゃったんだよ」

日頃の非常識さやおバカな言動からはとても考えられないが、騎一は実は隠れ高学歴で出身大を聞いた者を毎度仰天させている。

でも偏差値が高くてもバカな奴っているからな、と思いつつ問うと、騎一はあたたまったカレーを白米にかけながら言った。

「そんなの面白そうだったからに決まってんじゃん。初めて観たのが『ピンポンパン☆ディフェンス』だったんだけど、なんだこりゃ！　って衝撃的でさ。展開とかセリフ回しに笑いっぱなしだったし、音楽の使い方もすげえ練られてて、考え抜かれたバカっていうか、こんなアホなことをこんなに真剣にやる人たちがいるんだって度肝抜かれて、アホを極めると感動するんだって最後涙出てきちゃってさ。これ考えた人はどんな人なんだろうって会ってみたくなって稽古場に押しかけて、座長にどのセリフが面白かったとかその場で熱演したら『熱いね、君。よかったら入団しちゃう?』って言われて『はいっ！』って答えちゃったんだよね」

「…………。」

……人のことは言えないけど、なんちゅう無計画な男だ、座長もホイホイスカウトして、と呆れながら尚はカロリーメイトを齧《かじ》る。

でも、こんな暑苦しい男と同じ演目がきっかけで入団したなんてくされ縁みたいで嫌だから黙っておこう、と膝に載せた台本を開いたとき、不意に上から黒い細長い物体がページの上にポトリと落下した。

「……え?」

一瞬なにが降ってきたのかわからず凝視すると、見開きのページの中央にまたがるように張り付いているのは体表がぬめっとしたイモリで、尚は数瞬硬直したのち「うわぁぁっ！」と叫んで台本を洞窟の奥へ放り投げた。

なんだよ、尚、うるせえな、と言いかけた騎一の声が、次の瞬間バサバサバサッと響いた大量の羽ばたき音でかき消され、奥の暗闇から現れた黒いコウモリの大群が洞窟の外へ向かって一斉に飛び出していく。

「ぎゃあああぁぁーっ‼」

目の前を百匹単位のコウモリが真っ黒い突風のように出口に向かって羽ばたき去る様に、恐怖に震え上がって絶叫する尚の口を騎一が慌てて駆け寄って手で塞ぐ。

背後を通り過ぎるコウモリの群れからかばうように抱きかかえながら、

「こら尚、うるさいっつうの。あっちもデカい声で喘いでるから大丈夫だとは思うけど、もし和久井さんたちに聞こえたらマズいだろうが」

だって、コウモリとイモリが……！　と口を塞ぐ手がなければキスしそうに接近した相手を涙目で見上げると、間近に迫った騎一の動きが一瞬止まった。すこし驚いたような表情でじっと見つめられ、やや不自然にさっと視線を逸らされる。肩を抱く腕に力がこもったような気がした時、「コウモリ全部飛んでったみたいだな」と騎一はゆっくり身を離し、壁際に戻って再びカレーを食べだした。

「……まあ気にすんな、これくらい。みんな地球の仲間たちだ。イモリもコウモリも先に洞窟に住んでた先住民なんだから、間借りしてる俺たちが文句言える立場じゃねえし、両方見かけがキモいだけで害はない。それにおまえがホン投げなければコウモリさんたちは奥で静かに寝てたのに、急に安眠妨害されてむしろ向こうが被害者なんだぞ。夜行性なのに昼間っからねぐら追い出されちゃって」

尚は心臓をバクバクさせながら、

「……だ、だって、まさかあんなのがいると思わなくて、突然だったからビックリして……だってコウモリやイモリがいるなんて日野さんたち教えてくれなかったじゃないか……。ほんとに無害なのか？　血を吸うコウモリとかもいるだろ……？」

もうこんな恐ろしいところには一秒でもいたくない、と身を縮めて膝を抱えると、

「平気だって。たしかチスイコウモリって南米とか北米に生息してるから、さっきのとは種類が違うと思うよ。それに家畜とかの血は吸うけど、人の血はあんま吸わないってなんかで読んだ気がする。もし人の血吸ったとしても死ぬほど吸うわけじゃないって書いてあった記憶があるし、さっきのは普通に虫とか木の実とかを食べる日本のコウモリだろうから大丈夫だよ。たぶん」

たぶんかよ、絶対大丈夫って言ってくれよ。けど、ここが怖いからってもし洞窟を出て森の中にテントを張ったとしても、また別の獣と遭遇して恐ろしい目に遭いそうな気がす

る……と泣きたくなる。

こんなときに能天気にぺろぺろとスプーンとご飯のパックを綺麗《きれい》に舐めている相手の神経を疑いながら咎めるように睨《にら》むと、

「ん？　これはただ単に意地汚くて行儀悪いわけじゃなくてエコの一環だからな。小川でスポンジ泡だらけにして洗えないから舐めてんだぞ」

なんでもエコって言えばいいと思って…と思いながら、尚は隣のシュラフをさりげなく自分のほうに引っ張り寄せる。

いつコウモリが帰ってくるかわからない、いつ天井からイモリが降ってくるかもわからないような恐ろしい洞窟で寝なければならないなら、たとえ騎一ごときでも近くにいてくれたほうがまだ心強い。

さっきも叫ぶなと叱りながら背中でコウモリからかばってくれたし、こんなひどい場所にいなきゃいけない相手としては、一緒に悲鳴をあげてビビる奴より、なにかあってもこのくらい平然としてる神経ワイヤー男のほうがまだマシかも、と尚は先刻まで騎一のシュラフをなるべく遠ざけようとしていたことは棚にあげ、じりじり引き寄せて隣に並べる。

騎一は空になったパックをゴミ袋にしまい、コッフェルの中に残っていた湯をごくごく飲んで無駄なくエコな食事を終えると、歯磨きがわりにミントのタブレットをバリボリ齧りながらデニムのポケットに入れていた受信機を取り出した。

イヤホンをはめた騎一が、

「……どうやら第二ラウンドは終わったらしいぞ。これから浜辺で飯食うみたいなこと言ってるから、今度はもっと近くまで行ってみよう」

「……わかった」

あまり気は進まなかったが、このコウモリとイモリの棲処《すみか》にずっといるのも嫌だったし、きっと今度はあのふたりも普通に仲良く会話しながらランチを食べるだけだろうし、恋人演技の勉強のために来たんだから見たくないとか言ってる場合じゃない、と自分に言い聞かせて尚は立ち上がる。

騎一は尚が船酔いで倒れている間に島中探検をして、和久井たちに見つからないように観察できる斥候ポイントをあちこちチェックしてきたらしく、今回は浜辺からすこし離れた木立の間にレジャーシートを敷いて腹這《はらば》いに伏せさせられ、並んで双眼鏡を構えてイヤホンを片耳ずつはめて観察盗聴行為を再開する。

和久井と結哉は森プレイで汚れたのか、お揃いの半袖パーカーに着替えていた。ビーチパラソルの陰にブランケットが敷かれ、そばに作られた石組みの竈では、ひっくりかえしたダッチオーブンの蓋が鉄板がわりにあたためられている。

今度はペアルックか、誰も見てないと思ってやりたい放題だな、俺はもし誰かと両想いになってもこんなこっぱずかしいことはしないけど、と呆れながら見ていると、ボウルを

抱えて生地をかき混ぜていた結哉がにこにこと和久井を見上げ、

『あの、この旅行のあとにまた家でもっと凝ったバースデーケーキ焼きますからね。今日はあんまり道具がないから簡単に作れるパンケーキなんですけど、お祝いの気持ちをいっぱい込めて作りますから』

『全然OKだよ。ていうかこんな島でちゃんとケーキ焼いてくれちゃうなんて思ってなかったから、めっちゃ嬉しい。…「俺の好きな子は、Hがテクニシャンなうえに料理も上手な波打ち際のマーメイドなんですっ！」って叫びたくなっちゃった』

比喩が意味不明だし、と呟く騎一に「海だからだろ」とぼそっと返事しながら、

（……やっぱりバカップルは海に来るとマーメイドって言っちゃうのか、座長の読み通り）

と梯の妄想一人芝居を思い出す。

『もう和久井さんてば、僕全然テクニシャンじゃないから、そんなこと言われると恥ずかしいです……。和久井さんは……すごく上手だけど』

『え、ほんと？　ちゃんと満足してくれてる？』

『はい、とっても。……って、パンケーキ作りながらする話じゃないじゃないですか……』

赤くなって羞じらう結哉に和久井が鼻息荒く、

『えー、いいじゃん、そこ是非詳しく聞きたい。ちなみにどの体位が好き？　以下の選択肢からお選びください。a．正常位　b．後背位　c．立位　d．騎乗位　e．座位　f．横位　g．ひよどり越えの逆落とし　f．その他』

……なんだそりゃ、と尚が目をぱちくりさせていると、結哉も首を傾《かし》げ、

『……あの、よくわかんないんですけど、gってやったことありましたっけ……？』

『いや、ない。なんか組体操みたいなアクロバティックな体位だったと思うけど、前に雑誌の袋とじの四十八手図解特集とかで見てインパクトのある名前だったからつい選択肢に入れちゃっただけ。……で、結哉の回答は？』

『……もう和久井さん、騎一先輩に悪影響受けすぎです。すぐアンケしようとするの、やめてください。答えにくいことばっかり聞くし……』

『だって知りたいんだよ。結哉のお気に入りの体位とか知ってれば、もっともっと悦《よろこ》ばせてあげられるし』

結哉は恥ずかしそうにボウルをぐるぐるかき回し、しばし間をあけてから小さな声で言った。

『……えっと、僕、和久井さんとするHはどの体位も好きだから、どれが一番いいとか選べないです。……全部すごくよくて、いつも死んじゃいそうに気持ちいいから……』

『……くぅ、可愛すぎてたまんねえ、「俺の好きな子はっ……」！』

『待って和久井さんっ、もう叫ばないで！　リスしか聞いてなくても恥ずかしいからっ！　今は浜辺だからヤドカリとかも聞いてるかもしれないからっ』

リスとヤドカリ以外も聞いてるけどな、このアホらしい会話を、と呟く騎一に尚も頷く。

『もう、和久井さんはケーキができるまでちょっとおとなしく、海見ながらビールでも飲んで待っててください』

結哉は暴走気味の恋人を赤い顔で諌め、熱したダッチオーブンの蓋にボウルの生地をおたまで掬《すく》ってとろりと流し落とし、裏返したり戻したりしながら何枚もパンケーキを焼いて皿に重ねていく。

すべて焼きあがると結哉はケーキを持って和久井の隣に座り、家から持参したらしいスプレーボトル入りのホイップクリームでケーキを白く飾った。仕上げにチョコペンでなにやら書きはじめる。

「HAPPY　BIRTHDAY」と書いたらしく、ワクワク顔で眺めていた和久井が、

『ねえ、名前も書いて？「和久井さん」じゃなくて「仁《じん》」のほうね』

『え、…あ、はい……じゃあ、「仁さん」って……』

『やっべぇ、超叫びたい、嬉しくて』

『ダメですよ、叫んじゃ。…えへへ、サービスでハートマークも書いちゃいますね』

結哉は名前の周りを埋め尽くすようにチョコペンでハートマークを散らしているらしく、

和久井の顔がデレッと崩壊していくのが双眼鏡越しにまざまざと見える。

ホイップクリームの中央に一本立てたロウソクに火を灯《とも》し、結哉ははにかみながら和久井を見上げた。

『お待たせしました。あらためまして、和久井さん、二十七歳のお誕生日おめでとうございます。一緒にお祝いすることができて、本当に夢みたいに嬉しいです』

『ありがとう。俺もすごく嬉しいよ。……願い事は『この先の結哉のすべての誕生日と、俺の誕生日を全部ずっとふたりで一緒に祝えますように』にするね。一緒に願って吹き消してくれる？』

『…はい、そんなこと言ってもらえて胸がいっぱいです。じゃあ、一緒に……』

顔を寄せ合い、ふぅっと小さなロウソクの火を吹き消して微笑みあうふたりはとてもさきほど森でハレンチ行為に及んでいたエロカップルとは思えない初々《ういうい》しいラブラブぶりで、尚は照れくささに悶えながらもかすかに微笑ましさも覚える。

……なんかもう、めちゃくちゃこそばゆくてこっぱずかしいけど、ここまでゆるぎなく両想いだと、たしかに騎一の言うとおり正義かもしれないって気になってくる、と思いながら、ナイフでケーキを切り分けて青い海を見ながら食べはじめるふたりの後ろ姿を眺める。

『結哉、すごく美味しいよ。ラブが満々に注入されてる味がする。特にこの「仁さん」っていう字のとこが最高』

『えへへ、満々に注入してますけど、たぶんこんな波音がザザーンって聞こえる素敵な場所で食べてるから五割増しに美味しく感じられるだけです。材料は普通のホットケーキミックスだし』

『そんなことない、超美味しい。……僕ぁ幸せだなぁ、「ふたりをー、夕闇がー」ってギター弾きたくなっちゃう。ギター弾けないけど』

『和久井さん、まだおひさまがさんさんと輝いてて全然夕闇じゃないですけど。それにその歌僕知らないんですけど、シベブリの舞台じゃないんだから、突然歌いだしたら変ですよ？』

あいつ、失礼なこと言いやがって、と舌打ちする騎一を、

「しょうがないじゃん、シベブリメンバー本人が聞いてるって知らないんだから」

と尚は小声で窘める。

『だってほんとに突然歌いたいくらい幸せなんだよ。あ、そうだ、もう一個海辺でやりたいことあったんだ』

……まさか今度はほんとに波打ち際を水しぶきあげながら「あははーうふふー」と走りたいとか言い出すんじゃ……と思いながら見ていると、和久井はパーカーのポケットからストローを二本取り出して結哉のアイスティーのタンブラーに挿し、『一緒に飲んで？』

と満面の笑みを浮かべる。

　ベタベタやな、ベタベタとコテコテの見本市やー、と茶化す騎一に、

「わざわざ持ってくるほどやりたかったんだろ、これとペアルックを」

　と尚は赤面して疲れた声を出す。

『えー、そんな、照れくさいです。和久井さんのかっこいい顔がすぐ近くに来ちゃうから、ドキドキして噎《む》せちゃうかも……』

　さっきはもっと顔くっつけてキスしまくってたじゃねえかよ、と罵る騎一に、

「それとこれとは違うんじゃないの。きっといまはまだ正気なんだよ」

　とまたいらぬフォローをしてしまう。

『だってこんなこと普通のビーチとかカフェとかじゃ人目があるからできないだろ？　こんなときでもなきゃ。ね？』

　と、ねだられて、根負けした結哉がそろそろと和久井の差し出すタンブラーに唇を寄せる。

　チューとひとつのアイスティーをふたつのストローで啜《すす》るふたりに、尚は赤面して地面を転がりたい衝動を必死に堪える。

『……もう和久井さんが至近距離からじっと見るから、照れくさくて、アイスティー飲んだのにもっと喉渇いちゃった』

『じゃあ、ビールも飲む？』

『え、ダメです、僕禁酒中ですから』

『もうそろそろ解禁でいいんじゃないの？　ふたりだけの島なんだしさ、ちょっとなら大丈夫だよ。ね、どう？　夏だし、海だし。結哉、間接キスとか好きだろ？』

俺の飲んだとこ、ここだよ？　と缶の飲み口を指さされ、片想い時代に和久井グッズコレクターだった結哉はマニアな誘惑に抗えず、

『……じゃあ、一口だけいただきますね』

と受け取って赤くなりながら缶に口をつける。

その様子を見ながら尚は騎一に訊いた。

「なんで結哉くんって禁酒中とか言ってんの？」

「あぁ、あいつ酒乱の気があるんだよ。アルコール入るとド淫乱になるらしくて、まだつきあう前に和久井さんにおうち飲み会に誘われて、初めて大量飲酒したら酔って箍が外れて和久井さんに乗っかって襲ったんだって。ま、それで出来上がったようなもんだし、泥《でい》酔《すい》して身体で落としたことなんか別に気にすることねえのにな」

「……へえ、それは見かけによらない酒癖なんだな」

……けど、酔うとド淫乱って、素面《しらふ》でもかなりエロかったのに、もっとすごいことに……？　と尚は目を瞬《しばた》いて、いまは仔《こ》リスのように可愛くパンケーキを食べている結哉を

眺める。

ケーキを食べ終えた和久井が『ごちそうさま』と満足げに結哉を見つめ、『あ』と指を伸ばした。

『ここ、クリームついてるよ』

結哉の口の端を親指で拭ってぺろっと舐めた和久井に『…すいません、舐めてもらっちゃって』と結哉は赤くなって目を伏せる。

その瞬間、むらっと和久井のエロスイッチが入ったらしく、

『……結哉、さっきのホイップクリームとチョコペン、まだ残ってる……？』

『え？　あ、はい、ちょっと残ってると思いますけど』

声に邪悪なものが潜む和久井に結哉が邪気なくスプレーボトルとチョコペンを渡すと、和久井は再び変態化もあらわに、

『結哉、ちょっと食後の運動につきあってくれる？　前に『生クリームプレイ』やらせてくれるって言ってたよね？』

……おいおい、いきなりなんなんだ、そのマニアックなプレイは。

それにちょっとは食休みもしろよ、今度は砂浜でおっぱじめる気かよ、つうか、着いた早々抜かずに二回もしたのに爽やかな顔してどんだけ絶倫エロジジイなんだよ、と尚が瞠《どう》目《もく》していると、

『え、ここで……？　イヤ、ダメです、だって海から丸見えじゃないですか……』

陸からも丸見えだぞ、と会話に加わるように呟く騎一に思わず噴きそうになり、尚は慌てて口を押さえる。

『大丈夫、パラソルの下だし、船が通っても沖からは見えないよ。……ねえダメ？　結哉の身体に生クリームで字書いて舐めたい。舐めたい舐めたい舐めたーい』

……あの人さ、一回殴りてえな、とイラッとした口調で言う騎一に尚も思わず同意する。

『……もう和久井さん、そんな駄々っ子みたいに……。わかりました……お誕生日だし、誰も見てないから、変態っぽいけど、いいですよね……？』

結哉は諦念とかすかなときめきが混じったような声でそう言うと、赤い顔でおずおずパーカーとTシャツを脱いでブランケットに横たわった。

和久井は従順な据え膳に興奮を隠さず、爛々《らんらん》した目で結哉の裸の上半身を視姦《しかん》しながらおもむろにふたつの胸の尖りにホイップクリームをつけ、上からチョコペンで乳首のように飾りつけしてべろりと舐め上げる。

『あぁっ、ん！』

『ヤバい、超美味《うま》い。結哉の乳首はなんにも塗ってなくてもいつも甘いけど、これ塗るとまた格別美味』

『ひぅっ、あん、お…美味しいんですか……？　ほんとに……？』

『うん、最高。……ね、おなかに字書いてもいい？　「俺のもの」とか「俺の天使」って書いちゃおっかな。あ、でもやっぱ海だし「俺のマーメイド」がいいか』

……マジで一回殴りてえ、と呟く騎一に尚も「マーメイドマーメイドってしつこいんだよ」とイラッとして吐き捨てる。

『え、…やっ、待って、なんかくすぐったい、ちょっ、やめて、ほんとに、ひゃははっ』

『完成しました、生クリーム書道。モコモコで俺しか判読できないけど『俺のマーメイド』。結哉盛り、ありがたくいただかせてもらいます。…れろんっ』

『ひゃぁんっ、…あ、…やっ、なんかほんとに、んんっ、食べられてるみたい……っ！』

『ほんとに食べちゃいたいよ。クリームだらけのスイーツ結哉、ビジュアル的にも超エロくて超美味しい』

『あ、和久井さん、鼻の頭についちゃいましたよ……？』

『ほんと？　じゃあ結哉が舐めて取って？』

『えー、…じゃあ顔こっちに…ぺろっ…えへ、舐めちゃった。和久井さん、取れました…んっ？　んんぅんーっ』

『結哉の口の中にもクリームが、と思ったら歯だった。歯かと思ったらベロだった』

『もうー』

『ほんとのクリームはこっちだったね。結哉の可愛い乳首とおへそはどこに隠れちゃったかな？』

『やっ、ちょっ、待って…きゃははは、やだ、ほんとに、ひー、やめて、あん！』

嬉々《きき》として結哉の上半身に塗ったくったホイップクリームを縦横無尽に舌を這わせて舐めまくる和久井と、くすぐったいのと気持ちいいのとで悲鳴を上げてのたうつ結哉は絵に描いたような「ザ・バカップル」で、（…うん、もうふたりがいいならいいんじゃないかな）と尚は遠い目になる。

和久井は上半身のクリームをくまなく舐めとると、まだ穿《は》いていた結哉のボトムを下着ごとずり下げて脱がし、今度は半勃ちの性器にホイップクリームでデコレーションして、べろりと広げた舌で舐めながら喉奥まで含んだ。

『あんっ、やっ、そこは、食べないでっ……あぁぁっ』

『……やだ、ここも食べたい。…クリームがさきっぽの穴の中まで入っちゃったから、舌で突っついて取ってあげるね？』

『やっ、やぁ、ぐりぐりって……あっ、すご、きもち…いいよぅ…和久井さ、ぁん、アーッ』

脚の間に埋められた和久井の頭に両手を添え、深い口戯に身悶えていた結哉が、

『……はっ、はっ、…ね、あの、和久井さ…、僕もするから、口、離して……？』

肩を喘がせながら言った結哉に和久井が『え』と顔を上げると、結哉はふらつきながら

身を起こし、トロリと濡れたような艶《つや》めいた瞳で和久井を見つめる。

『……僕も、和久井さんに生クリームつけて舐めたい。……僕にもさせて？　和久井さんの…おちんちん、口でするの、好きだから……』

『……う。…もう結哉、あれっぽっちのビールが回っちゃったの？　そんなエッチな目でそんなこと言われたら、それだけでちょっと出ちゃうよ』

ダメ、まだ出しちゃ、僕が舐めるまで待って……？　と淫乱小悪魔と化した結哉が和久井のボトムのウエストに指をかけ、勃起した性器を取り出そうとして、ふと手を止めた。

焦《じ》らすように下衣から手を放してTシャツの裾をまくり、

『和久井さんも乳首からね？　自分でここ持ってて？』

と森での意趣返しのように囁き、スプレーボトルを拾って和久井の乳首にホイップをちょんとつける。

ぺろっと舐めあげてからちゅくちゅくと口に含んで吸う結哉を見下ろし、和久井は引きちぎる勢いでTシャツとパーカーを脱いで膝立ちになると、ボトムをずり下げて、

『お願い、こっち舐めて。もうガチガチで痛いから』

上ずった声で懇願する和久井に結哉は悪戯っぽく笑んで、屹立《きつりつ》を片手に乗せてプシュッとクリームを全長に伸ばし、ホットドックにマスタードをつけるようにチョコペンでジグザグにラインを描いてぱくりと先端を咥《くわ》える。

ぺろぺろと音を立てて舐めながら、

『……んー、甘い味と、和久井さんの先走りの味が混じってて……美味しい』

……いや、美味しいわけないだろ、吐くだろ、普通、と酔った淫乱小悪魔の異常な味覚に尚はひきつる。

『そんなエロい舌遣いされると、どんどん汁が溢《あふ》れちゃうよ、気持ちよすぎて……』

『ン、いっぱい零して……僕が全部舐めて、飲んであげるから……ん、んむっ、んく、んふ、んんっ』

膝立ちの和久井の前に四つん這いになり、身体をくねらせるように揺らして口淫する結哉の姿は、（誰だ、あの子は……俺の知らない子みたいだ）と目を疑う淫靡《いんび》さで、尚は思わず息を飲んで見入ってしまう。

『結哉……、ねえ、また挿れたくなっちゃった。……いい？　今度はふたりで海見ながら座ってしたい』

『ウン、僕も……この美味しくておっきいので、ずんずんって、奥まで、されたい……』

和久井は淫乱小悪魔に瞬時に篭絡《ろうらく》され、ブランケットに座り直すと結哉を海のほうに向けて自分の上に跨がらせる。

スプレーボトルから片手にホイップをたっぷり出して半分は滾《たぎ》った自身に塗りつけ、残りを結哉の尻の狭間《はざま》に愛撫する手つきで塗りこめる和久井に、

『あ、あんっ、和久井さっ、指、しなくていいから、すぐいれて』

『平気？　慣らさなくて』

『平気、さっきいっぱいしてもらったから、だいじょうぶ……、お願い、早く欲しい、…僕の中、早く和久井さんでいっぱいにしてほしいのっ……んあぁっ！』

ぐじゅっとすごい音を立てて繋《つな》がったふたりが座ったまま激しく腰を揺らす。

『あぁ、はぁ、すご、深いとこ、来るっ、やん、やぁ、いい、いぃっ……！』

『……中、すごいぐずぐずでとろとろだよ……、海から見えちゃいそうで、ちょっと興奮してる……？』

『ち、違っ……あっ、海とか、も、見てらんない…っ、中…すごい、よくて、頭真っ白で、和久井さんが入ってることしかわかんないのっ……』

『目の前、一面青なのに、真っ白なの……？　可愛いな、もう……』

『あ…、和久井さん…？　ど、して…、や、動いて、そこで止めちゃダメ、当たってるとこ、もっと突いてっ……！』

『だって、せっかくだから、景色も見ながらゆっくり愉《たの》しもうかなって』

『や、いや、そこ、当てたまま、じっとしちゃやだ……そこずんずんされたいっ……おねがいっ』

『…うわ、中すごいビクビクして、絞られそう……このまま一時間くらい纏わりつかれてたい感じ……』

『やだ、ダメ、もっと中、和久井さんので、いっぱい擦ってほしいのにっ……！』

『もう、欲しがりさんだね。……あぁ、そんな自分で腰回して揺すっちゃダメだよ、気持ちよすぎて、すぐイッちゃう』

『だ、だって、和久井さんが意地悪するから……ひっ……く』

『あー、泣いちゃった、ごめんね？　結哉が可愛いから早く終わりたくなかっただけだよ。……ほら、結哉の気持ちいいとこ、いっぱい突いてあげるから……あとで結哉の足の爪にチヨコペンでペディキュアして舐めていい？』

『あん、また、変態っぽいこと……はぁ、あ、いいから、していいから、早く突いて……っ！』

『……ん……、ね、こうやって突きながら、乳首弄っていい……？　中が吸いつくみたいで、すごくいいから……』

『ン、弄って、乳首……、きゅって摘《つま》んで、くにくにって揉《も》んで……？』

『……おっぱい好き？　ちょっと痛く抓《つね》ったり引っ張ったりするの、好きだよね……？』

『……ウン、好き……でも、優しく舐めてもらうのも、好き……』

『……ねえ、お尻と乳首だけで達ってみて……？　自分で前触っちゃダメだよ？』

『え…、いや、触りたい、おちんち…触って擦りたい…っ…、おねがい、ねぇ和久井さん、僕の……握って？　おっきい手で擦ってほしい……、おっぱいもおちんちんもお尻も、全部和久井さんにされたいっ……』

『……もう結哉、エロすぎ……』

『あ…イヤ？　エロい子はキライ……？』

『んーん、大好き。俺にだけエロ可愛い子が大好物』

『あ、和久井さんだけ、あんっ、僕、ほんとに、和久井さんだけだからっ……あぁ、あぁ、も…ダメ、イく、イッちゃう、和久井さんもイッて、僕でイッて、…あぁぁぁっ』

『……あ…すげ…ぎゅうって、…う、ぁ……っ』

『あ、で…出てる、びゅっ、びゅって、いっぱい……はぁ、きもちいぃ……和久井さんも、きもちい……？』

『……ん、ほんとに、これだけしてられたら最高って、思うくらい、いいよ……』

『……ぼ、僕も、和久井さんに、入れてもらってるときが、一番幸せ……。和久井さんが僕の中でイッてくれて、出してくれると、ほんとに感じてくれたんだって、すごく嬉しくて、何度もしてほしくなっちゃうの……』

『……あぁもう、出たくないな……。けど、結哉のお尻ぐしょぐしょにしちゃったから、洗ってあげなきゃね。さっきドラム缶風呂に火つけてきたから。……抜くよ？』

『……アッ、は、…ふぅ…、あの、和久井さん、僕ひとりで洗えるから手伝わないでね……？　あ、…どうしよう、…腰、ガクガクして、立てない……』

『俺が抱っこして連れて帰ってあげる。……ねぇ、どうせなら裸で行っちゃおうか。このまま風呂入るんだし、誰も見てないし』

『えっ、そんな、恥ずかしい……。和久井さん、いくらふたりだけの無人島だからって羽目外しすぎですよ……？』

『いいじゃん、裸で歩くなんて本物のヌーディストビーチにでも行かなきゃできないんだしさ。……じゃあ、ちょっと原始人のカップルになったっていう想像してみて？　原始人なら服なんか着てないだろ？』

『毛皮くらいは着てるんじゃ……、でも和久井さんのリクエストだから、やってみます。……んーと、「ンパヤ、ホゴンゴ」みたいな感じですか……？』

『あはは、そうそう。「ユイユイ、ギャワユイ、ジンジン、ウホウホ」みたいな感じ』

気が狂ったとしか思えない会話を交わしながら素っ裸で森のツリーハウスに戻っていくバカップルを無言で見送り、尚は耳からイヤホンを引っこ抜く。

「……もう無理。脳が破壊されそう。これ見続けるの、マジ辛いんだけど。北島マヤの試練より絶対辛い気がする」

「たしかに見たくないもん見ちまった感でいっぱいだ。ほんとにフルチンで抱いてっちゃったし、生クリーム書道もしちゃったし、あの人普段は超ハイスペックなエリートリーマンなのに片鱗《へんりん》も残ってねえな。結哉も内気なくせしてチョコバナナプレイしてるし、誰にも見られてないと思うと、バカップルってあそこまでアホエロになれるもんなんだって口ポカーンだよ。きっとまた身体洗ってやりながら第四ラウンドに突入するぞ、あの分なら」

騎一の予想に尚はげんなりした顔で頷く。

「……もうゲロ甘はおなかいっぱいすぎて胸やけだから、またちょっとインターバルあけさせてくれ……」

「そうだな、さっきの原始人トークはさすがに『両想いHは正義』説を覆《くつがえ》したくなるアホさ加減で、俺も軽くダメージ食らった」

尚は腹這いになっていた姿勢から身を起こし、

「……なぁ騎一、なんであのふたりって、あんな数年ぶりに再会したカップルみたいにやりまくってんの？　隣に住んでるんだし、別に長らく禁欲してたわけじゃないんだろ？」

自分の基準から考えると異常性欲としか思えない和久井と結哉の絶倫ぶりに絶句する思いで問うと、騎一は立ち上がりながら言った。

「そりゃ『好きだから』以外、ラブラブバカップルの尽きない性欲と強靭《きょうじん》な体力の源はねえんじゃねえの？　普段の回数とか具体的に聞いたわけじゃねえから知らねえけど、めちゃくちゃラブラブだから家でもかなりの頻度でやってんじゃねえかな。けど、ここは場所がいつもと違うし、まだできあがって数カ月の蜜月中だし、開放感で盛り上がっちゃって、発情期のサルに催淫剤盛ったみたいにエンドレスに交尾したくなってるんじゃねえか」

先に立ち上がった騎一に手を引っ張られて立ち上がりながら、露骨な比喩に尚はまた赤面する。

どっと疲れて吐息を零しながらレジャーシートについた土や落ち葉を払って綺麗に畳むと、騎一が「おまえ、やっぱ無人島でも几帳面だな」と笑って双眼鏡と一緒にリュックに詰めて背負ってくれた。

再びベースキャンプの洞窟に戻る道すがら、

「……なんかさ、『もう頼むからやめてくれー！』って叫びたくなるくらいいちゃくらしてたけど、ふたりがほんとにものすごく好きあってるんだなっていうのはわかった。本物のゲイカップルってあんな感じなのか……」

お互いしか見えないというように夢中で求めあう様子を目の当《ま》たりにしたら、自分のゲイ芝居がぬるすぎて座長が物足りなく思ったのも無理はないかも、と反省させられる。

騎一は面白がる目で尚を見ながら、

「いや、あれが標準ってわけじゃねえと思うぞ。けど、なんかナオの役作りに役立ちそうなヒント掴めたか？　ちょっとあのラブさを真似しながら、なんかナオのセリフ言ってみ？」

「……え、いま？」

うん、鉄は熱いうちに、と続けられ、できるかな、とためらいつつ、尚は結哉が行為の最中に和久井に愛を伝えていたときの甘いトーンを脳裏に再生しながら言った。

「『……キイチ、おまえがバカで非常識で考えなしで、ほんとによかった……。ん、うんっ……あ……、……キイチ、…キイチ、……俺、おまえと出会えて、仲良くなれて、すごく、嬉しい……』。……どうだ？　ちょっとはよくなってる？」

山の中を歩きながら合体中のつもりで喘ぐのは自分でも妙だと思ったが、合宿後の演技テストで進歩がなければ降板させられてしまう、と言い聞かせて演じると、騎一は笑いを嚙み殺すような表情で、

「まっさきに『バカで非常識』のセリフ選ぶところが尚らしいな。……まあ、稽古中の棒読み芝居よりかは若干気持ち入ってきた感じするけど、やっぱまだまだ温度と湿度が足りねえな。喘ぎもまだ品がよすぎる。……じゃあ練習でさっきの結哉の喘ぎ、どれか真似してみな」

「え……、やだよ、あんなのとてもできない。演技でも無理」

だってすごかったじゃん、と赤面して声を潜めると、騎一は、

「けど、帰ったら演技テストがあるんだろ？　本物のゲイカップルの絡みはどうだったか、

それテストの課題にするからやってみろとか座長が気まぐれに言うかもしんねえぞ？」

「……。」

そう言われると、たしかに座長のことだからそんなことを言い出す可能性がなきにしもあらずな気もしてきて、（マズい、そこでしくじったら降板が…）と尚は唇を噛む。

くそう、恥ずかしいけどそんなこと言ってられない、と尚は意を決して、どこを切り取って演じたらいいかしばし記憶をサーチする。

どのセリフも露骨すぎて口にするのもためらわれたが、尚は（俺は結哉くん、もしくはＡＶ男優の役がついたつもりで、恐ろしい子になれ、俺）と自分に言い聞かせて羞恥心を捨てて息を吸った。

「……『して……、和久井さんの、おっきいので、ごりごりされたい……、いれて、いれて、いますぐ、和久井さんの熱くて硬いの、すぐいれて……あ、あぁぁんっ、和久井さんのが、ぐぅって、くる、奥に……きもちいい、……あっ、ひぁっ、あんっ、やっ、やぁんっ……！』……みたいなこと口走ってたような気がするんだけど、どうかな。なるべくはしたない感じでやってみた」

我に返るといたたまれなかったが、なんとか顔には出さないようにしてチラ、と隣をうかがうと、騎一は意外そうに目を開いてすこし間をあけてから言った。

「……結構エロかった。結哉のよがりっぷりより全然控えめだけど、あいつの舌ったらずで甘えたな感じとまた違って、抑えた声で赤裸々な淫語いうの、妙にエロくて萌《も》えた。やりゃあできんじゃん、エロ演技」

ありがとう、というのもおかしな気がして薄く赤面しながら、

「……いや、いまのはお手本を再現しただけだから。……けど、いまやってみて改めて思ったけど、あのふたりってさ、最中にやたらしゃべってんな。普通Hの最中ってあんなにしゃべらないだろ。あんな声とかあげないし。ふたりともめちゃくちゃ気持ちよさそうにいろいろ言い合ってて、びっくりした」

自分の経験を振り返ってみても、あんなにしてもしてもし足りないくらいよくて、何度してもまだしたいなどと思うほどではなく、悪くはないが、いろいろ面倒くさいという感想のほうが大きかったので、あそこまで行為に没入できるものなのか、と感心してしまう。

男同士だからなのかな、でもホンのラブシーンにも最中の会話があるけど、それは演出上必要だからであって、普通はあんなにあれこれしゃべったり派手な声をあげたりはしないものなのでは、と思っていると、騎一が口元をニッと曲げて、

「尚ってきっとお綺麗で冷静なHしかしたことねえだろ。Hに限らずしゃべらずに相手のほんとの気持ち察するのって難しいし、Hってふたりでするんだから、お互い一方通行じゃあんま面白くねえじゃん。自分のアクションで相手のリアクションが変わってくのって楽しくね？　自分の言葉とか行為で相手が歓《よろこ》んだりいろいろ反応してくれんのが生理的な

快感くらい気持ちいいから、俺はセックスするの好きだけど。……舞台もそういうところあるじゃん。開演前はニュートラルな状態のお客さんが自分の演技で笑ったり、手に汗握ったり、ホロッとしたり、元気出たり、なんでもいいけど観る前と後でちょっとでも心が動いてくれたら嬉しくね？　この感じ、また味わいてえなって思わねえ？」

「……うん」

……その感覚はわかるけど、Hと舞台を同列に考える思考回路がよくわからない。

けど、やっぱ俺H下手だったのかも、相手のリアクションをよくしようとか努力してなかったかも、淡泊な性質だからあっさりした感想なのかと思ってたけど、情熱や探究心が足りなかったせいかも、だからラブシーンの演技も熱が足りないって言われたのかも、とひそかに落ち込んでいると、

「……ま、尚がHではしたない声あげずにはいられないようなめくるめく快感を体験したいなら、受け身のがいいかもな。尚、相手に奉仕するタイプじゃなさそうだし、めっちゃ積極的な女か、和久井さんみたいにねちっこく奉仕してくれる男と寝たら、結哉ばりにぶっとべるかもよ？　……ご要望があれば、俺が奉仕してやろうか」

「……え？」

驚いて横を見ると、冗談とも本気ともつかない笑みを浮かべた相手と目が合う。

いや、これは絶対タチの悪い冗談だ、と尚は眉を顰め、

「なに言ってんの、いきなり。俺たちゲイ役は演るけど、ほんとのゲイじゃないのに。それにおまえに奉仕されたってめくるめくHになんかなるわけないし。そういうのは和久井さんと結哉くんみたいに好きな相手としないと」

こいつはすぐふざけてからかおうとするから腹立つ、とフイと顔を背けると、騎一はあっさり言った。

「俺はいまのところゲイ経験はないってだけで、この先アリになるかもしれねえし、尚は俺のことゴキブリレベルに嫌いでも、俺のほうは別に尚のこと嫌いじゃねえもん。尚は思考回路がいろいろ七面倒だし、俺には態度悪いけど、基本的に意地が悪いわけじゃねえしさ。役者としてのタイプが全然違うのに妙に俺を意識して張り合ってるとことか面白いし、できることとできないことの落差が激しいとこもギャップが面白い。俺は面白い奴好きだし、尚美人だしな。だから尚がいいよって言ったら、俺はできると思う」

「……は？」

思わず振り返ると、真顔で見返され、尚は数秒相手を凝視してから勢いよく首を振る。

「いや、言わないし、そんなこと」

まったく要望しないから、と焦って付け足すと、プッと噴き出される。

なんだよ、やっぱり冗談かよ、急に変なこと言って驚かすなよ、まったく人をおちょくるためならなんでも平気で口にしやがって、そういうところが苦手なんだよ、それにおまえなんか意識してねえよ、俺は別に面白くもないし、至ってまっとうで七面倒なんかじゃないし、おまえも俺に態度よくないだろ、とぶつぶつ思っているうちに洞窟につく。

「……コウモリ、帰ってきてるかな……」

入口で入るのを躊躇しながら呟くと、

「どうかな。まだ森で食事中じゃね？　ま、いたとしてもホン投げつけたりしなければ大丈夫だろう」

と、スタスタ中に入っていく騎一の背中に向かって尚は小さな声で言った。

「……騎一、あのさ、奥のほうに落ちてるホン、拾ってきてくれないか……？」

ビビリと思われるのは屈辱だったが、もうさきほど絶叫してしまったので今更虚勢を張ることもできず不本意ながら頼むと、振り返った騎一は明らかにからかい顔で、

「お嬢様、教わりませんでしたか？　人に物を頼むときは礼儀としてもうひとこと必要でございますよ」

「……。」

ふざけた執事口調に目を眇め、

（こいつ、やっぱり俺のこと嫌いじゃないなんて嘘だろ。コケにしてからかうチャンスは逃さないいじゃないか。……でも、コウモリがみっしり蠢《うごめ》いてるかもしれない洞窟の奥に自分で取りに行くのは俺の繊細な神経ではとても耐えられない）

と葛藤し、尚はさっきの喘ぎ芝居よりマシだ、と開き直ってお嬢様らしい表情と声色を作った。

「……六車《むぐるま》さん、大変申し訳ないのですが、私のために台本を拾ってきてくださいませんか？　……どうかお願いします」

これは俺じゃなくて、いつか演るかもしれないお嬢様ぶったオカマ役の練習だから、と自分に暗示をかけながら微笑んで会釈すると、騎一は笑いを嚙み殺し、

「おまえ、ほんとにノリのいいリアクションするな。めっちゃツボる。……では、お嬢様のために取ってまいりましょう」

と慇懃《いんぎん》に答えてマグライトで照らしながら暗闇に拾いに行った。

「コウモリいなかったから、中入んなよ」

と台本を持って戻ってきた騎一に声をかけられ、まだ入口に突っ立っていた尚は気まずい顔で俯《うつむ》く。

コウモリは不在と聞いて安堵《あんど》はしたが、さっきからひそかに催していた生理的欲求を誤《ご》魔化《まか》しきれず、しばし躊躇してから尚は小声で言った。

「……騎一、あのさ、俺トイレ行きたくなっちゃったんだけど」

「おう、遠慮せず行ってこいよ。我慢は女性の敵ですよ、お嬢様。川から離れたとこでしろよ。穴掘るスコップとかトイレセット一式持っていきな」

「……いや、あの、その、……おしっこ、なんだけど」

「じゃあ全然どこだっていいじゃん。なにもじもじしてんだよ。クールビューティーな顔で『おしっこ』とか言われるとちょっと萌えるけど、さっさとそのへんでしといでよ」

「……だって、ヘビとかいたら怖いじゃん……」

トイレ以外の場所でしたことがないし、突然洞窟からイモリやコウモリが飛び出してくるような島はどこも安心なんかできない、と口ごもると、騎一は平然と言った。

「逃げりゃいいじゃねえか。日本には六メートルのアナコンダとかいねえし、ハブはなんもしなくても襲ってくるらしいけど、沖縄《おきなわ》あたりにしか生息してねえからここでは無問題だ。ツチノコもネッシーもいるいる詐欺だから大丈夫。ガサガサ音立てて歩けばヘビのほうで逃げるだろうし、もしヘビを見かけたら静かに後ずさりして距離取ればいいんだよ。棒でつっついたりこっちから先に攻撃しなければ大抵はいきなり飛びかかってきたりしねえよ」

「……。」

そんなこと野生児は簡単に言うけど、俺は本物のヘビは動物園のガラス越しでしか見たことないし、もし実際に本物のマムシとかと遭遇したら恐怖で動けなくなりそうなんだよ…と無言で見つめると、騎一は肩を竦めながら言った。

「尚ちゃまは一体おいくつなんですか？　…しょうがねえな、ひとりでしっこもいけねえ尚ちゃまにつきあって一緒に行ってやるよ」

　尚ちゃまなどとコケにしつつも立ち上がって連れションにつきあってくれると言った騎一に尚は口ごもりながら、

「……えっとさ、いろいろ言って悪いんだけど、俺が呼んだら声は聞こえるけど、放尿中の音は聞こえないとこにいてほしいんだけど」

　公衆トイレのようなみんながその目的で使用するところならともかく、野外でショロショロする音を聞かれるのは恥ずかしい、と小声で訴えると、騎一はプッと笑う。

「おまえマジでお嬢様みてえだな。おまえのションベンの音なんかおまえ以外誰も気にしねえよ。排泄《はいせつ》は自然なことなんだから、うんこもしっこも屁もこきたくなったらその場で音立ててすりゃいいじゃねえか」

「……。」

　尚はもし地球に巨大隕石《いんせき》がぶつかるとか異常気象で氷河期になったりしてライフラインが停止したら、餓死や凍死するまえに絶対膀胱炎《ぼうこうえん》と便秘で死ぬぞ、と付け足され、ぐっと詰まっていると、騎一は自分のリュックから着替えを取り出しながら言った。

「いまから全部まとめてやりにいくぞ。あとで暗くなってから『歯磨きしに行きたい』とか『身体洗いたい』とか言われて、『暗いのはやだし、獣も怖いけど、見られるのもやだから離れたところで待ってろ』とか立ち位置指定されるとイラッとするから。ほら、早く洗面道具とか着替えとか用意しな」

「……わかった」

と頷きながら、

(アウトドアじゃなければこいつにこんなにリードされまくることもなかったのに)

とウィークリーマンションを選ばなかった自分の選択ミスを悔やむ。

着替えやタオルや歯ブラシなどをナップザックにつめて、騎一《きいち》について洞窟を出て山道を少し登っていくと、水の流れる音が聞こえ始め、木々の間に小川が現れた。

川上に目をやると二メートルくらいの幅と高さの沢があり、小さな滝を作って澄んだ水が流れ落ちている。

緑の森の中にある沢はマイナスイオンに満ちていそうで目に心地よかったが、

「ほら尚《なお》、そのへんの木立で放尿してきな。せせらぎが天然の消音装置になってるから安心してシャーシャーしろよ。俺は先に滝で水浴びしてっから」

と騎一に言われ、尚は(ここで水浴びするのか?)とまた内心引きつる。でももし夏でもお湯に浸かりたい派なんだけど、などと正直に口にしたら今度はなんと謗《そし》られるかわからないので、黙ってヘビの気配を窺《うかが》いながら木の陰でおずおず小用を済ます。

放尿中、カサッと視界で動いたものがあり、目の端にベージュの細長い尻尾《しっぽ》が映ったので(ひっ)と息を飲んだら、よく見るとトカゲだった。

トカゲも若干嫌だったが、（みんな地球の仲間たち）と騎一の言葉を呪文のように唱えて川辺に戻ってくると、騎一が腰まで水に浸かって滝壺《たきつぼ》に立ち、落ちてくる水でがしがし短い髪を洗っている背中が見えた。

身長はそんなに変わらないのに、自分より筋肉がついている身体にまたライバル心がもたげてくる。

俺は騎一を背負って洞窟まで歩けないし、腕力だけで木にも登れないし、もっと鍛えなきゃダメだな、と思いながら沢に近づくと、パキンと小枝を踏んだ音に騎一が振り向いた。

「ちゃんとしっこできたか？　ヘビは？」

「いなかった。トカゲだけ」

「お、悲鳴あげなかったな。頑張ったじゃん、偉いぞ」

「……誉めてくれなくていい。……なぁ、水冷たくないの？」

「冷てえけど、気持ちいいよ。夏だし、ちょうどいい。家でも暑いとき水シャワー浴びるだろ？」

「浴びない。俺冷え性だから夏でも湯船派だもん」

「女優かよ。そういや、前にシベブリメンバーで忘年温泉旅行に行った時も、尚、じじいかっつうくらい長々お湯浸かってたもんな」

「……ほっといてほしいんだけど、人の入浴習慣は。……なぁ、シャンプーとか石鹸使っ

「うん、エコ的に。川汚したくねえし、川下で結哉《ゆいや》たちが顔洗ったりするだろうしな。今日はそんな汚れるようなことしてねえから汗流すだけでいいかなと思って」

と言いながら騎一は流れ落ちてくる水の下で身体の表面を手でこすり洗い、ざぶざぶ滝壺から浅瀬に歩いてきて石の上に置いたタオルで平然と身体を拭きはじめる。

ちょっとは隠すか羞じらうかしろよ、こっちが恥ずかしいだろ、と思いながら視線を逸らしていると、騎一はぱっぱと替えの服に着替えてから言った。

「尚も早く入ってこいよ。あったかいお湯は明日海中温泉に行くまで我慢しな。今日はプールに来たつもりになるか、滝行する僧侶の役か滝壺に棲《す》んでる河童《かっぱ》の役がついたときの練習のつもりで水浴びしな」

俺、そのへん散歩してくるからさ、と濡れ髪を振りながら歩き出す騎一の背中を見送ってから川に視線を戻して、尚は溜息をつく。

流れは緩やかで水も透明で綺麗だったが、山中で裸になって天然の水シャワーを浴びるのは都会育ちのもやしっこにはハードルが高く、顔だけ洗って終わりにしようかな、としばし悩む。

でも、船酔いやバカップル鑑賞で盛大に冷や汗をかき、肌が汗ばんでいるのをそのままにするのも気持ちが悪かったし、これ以上騎一に「ひとりで川にも入れねえのかよ」と軟弱者呼ばわりされるのも不愉快だったので、ささっと浴びようと意を決して服を脱ぐ。

足を浸すとふるっと冷たさに震えがきたが、片手で掬ってぱしゃぱしゃと腕や胸を濡らして慣らし、そろそろと滝壺のほうに近づく。

すこしずつ深くなっていく川底の石の上を慎重に足で確かめながら進んでいたつもりが、急に深くなっている段差があり、ずるっと滑って「おわっ！」と叫んだ瞬間水中にひっくり返ってしまう。

ぎゃああ、ほんとに河童がいて引きずり込まれたら怖すぎる……！　と必死でもがきながら立ち上がるとたいして深さはなく、清らかな水の中には当然ながら緑色の妖怪の姿はなかった。

（……俺、いくらアウトドア初体験でもビビリすぎだろ、子供じゃないんだから）

と赤面して、もう頭から濡れてしまったので開き直って泳いで滝壺まで行き、頭から水をかぶりながらごしごし手で髪と身体を洗って汗を流す。

鳥肌が立つほど水は冷たかったが、意外に爽快感もあり、一日や二日シャンプーやボディソープを使わなくても別に死ぬわけじゃないし、とプチワイルドな心境になってくる。

両手で顔を拭いて髪の水気をぎゅっと絞り、今度は段差に気をつけながら歩いて川から上がり、スニーカーに素足で乗って身体を拭く。

冷えた身体にタオルのぬくもりが心地よく、さっぱりした、と思いながら屈んで両足を拭いて身を起こした瞬間、目の前にひゅうっとなにかが飛んでくるのが見え、（え？）と思ったときにはビタッと生あたたかい毛で顔を覆われていた。

「⁉」

にわかになにが起きたのかわからなかった。むにゅっとした生き物に顔に張り付かれている感触に、心では絶叫しているのに身体が硬直して動けず、恐怖と驚愕《きょうがく》に凍りつく尚の顔面から謎の物体がバリッと剥がされ、「大丈夫か」と焦りと驚きと笑いの混じった騎一の顔が視界に飛び込んでくる。

「〰〰〰〰！」

なんだったんだ、いまのは！　と言いたいのに声が出ず、硬直したまま騎一が掴んで胸に抱いたものに目をやると、つぶらな瞳の茶色いムササビだった。

騎一は踵《きびす》を返して森にムササビを放してから戻ってきて、

「おまえ、すげえな。狙わないであんだけお約束のボケかませるってすげえ才能だな。川で花魁道中《おいらんどうちゅう》状態でしずしず歩いてたのに段差でコケて思いっきり犬神《いぬがみ》家のポーズしたり、ムササビが木に飛び移ろうと滑空した瞬間立ち上がって進路塞ぐとか、ボケるチャンス外さなすぎて感動した」

「……。」

感動するな、別にボケようとしたわけじゃなく全部たまたまだ、ていうかなんで川で滑

ったことまで知ってんだよ、見てたのかよ、恥ずかしいだろ、散歩に行くって言ったのに、とタオルで腰を隠しながら赤面して視線で咎めると、騎一はしれっとした顔で、

「怒るなって。さっきからイモリとかコウモリとか、尚の元にやたら動物が寄ってくるから、またなんか新たなのが現れて『ぎゃああ！』って喚かれても困ると思ってこっそり見守ってたんだよ。尚のオールヌードにも興味あったし。そしたらまんまとムササビに懐《なつ》かれてるし、こんなに森の仲間たちが次々集まってくるなんて、おまえすげえディズニー体質だな。もうおまえのあだ名は『美白クイーン』から『ディズニープリンセス』に変更だ」

……やめろ、変なあだ名つけんな、そのせいでこれからも動物が寄ってきて取り囲まれちゃったら怖いだろ。それになんでも興味津々に人間観察しまくる癖があるのは知ってるけど、人の身体まで観察するんじゃねえ、と憤りながら、ムササビにくっつかれて口の中に毛が入ったかも、とぺっぺっと唾を吐いて顔を小川の水でばしゃばしゃ洗う。

急いで服を着て、菌の有無を気にしつつ川の水で口を漱《すす》いでからいつも以上に念入りに歯を磨く。

やっぱりなんて恐ろしい島なんだ、だからアウトドアは嫌いなんだ、こんなとこ来るんじゃなかった、と朝からすでに百回以上思っていることをまた胸に刻みながらよろよろと洞窟へ戻る。

リュックに洗面道具や着替えた服をしまってから、ドライヤーもないのでシュラフの上に縮こまってタオルで髪を拭いていると、受信機のイヤホンをはめた騎一が言った。

「尚、和久井《わくい》さんたち、さっきの浜で夕飯食う準備とかしてるけど、のぞきに行く元気あるか？」

顔面にムササビに飛びつかれたダメージからまだ立ち直れておらず、力なく首を振ると、騎一はあっさり頷いた。

「わかった。これから浜まで下りたら戻るとき夜になっちまうし、懐中電灯の灯《あか》りを万一和久井さんたちに見られたらマズいしな。夜は夜行性の動物たちが活動しだすだろうから、山道うろうろしてるとまた尚が森の仲間たちにモテて面白いことになりそうだし、今日はここでおとなしく飯食って寝よう」

「……。」

だから不吉なことを言うなってば、そんなものにモテても全然嬉しくないんだよ、と内心怯えながら睨むと、騎一は笑ってガスランタンを灯し、クッカーに火をつけてミネラルウォーターを沸かしはじめる。

「……騎一、俺、ムササビのせいでさらに食欲失せたから、また騎一が二人分食べていいよ」

もはやカロリーメイトを食す気もなくシュラフに足をつっこんで膝を抱えていると、騎一が呆れ顔で言った。

「あんなことくらいどうってことねえじゃん。びっくりしたのはわかるけど、お嬢様すぎんぞ、おまえ。しっかり食って氷河期再突入後の地球でも生き残れるくらい逞《たくま》しくなれ」

皮下脂肪少なそうな身体して、おまえはこれ以上ダイエット必要ねえだろ、と続けられ、尚はさっき川で全裸を見られていたことを思い出してうっすら赤くなる。

でも痴漢とかのぞきとか文句を言うとまた小馬鹿にされるに違いない、とぐっと堪える。

「……お嬢様って言うな。繊細なだけだし、アウトドアはアウェイなだけだ。……おまえは確実にゴキブリしか生存できない状況の地球でも生き延びるだろうな。ここに来て確信を深めた」

嫌味っぽく言ったのに、騎一は誉められたかのように笑って、

「自分でもそんな気がする。…けどよかったじゃん、ホンの『俺のどこが好き?』っていう俺のセリフの次のナオの長台詞《ながぜりふ》、気持ち込めて言えるだろ?」

ちょっとやってみ? と言われて、尚は(いま芝居の稽古する気分じゃないんだけど)と思いながらも、目を伏せて該当のセリフを脳内で探す。

キイチに告白して受け入れられたあとに自分のどこが好きか訊かれて、素直に言えないナオの気持ちになって、

「……『もし、無人島に漂流しても、なかなか死ななそうなところ……。もし孤島に流さ

れたとして、おまえがいれば頼りになるとかは全然思わないんだけど、おまえは頑丈だから変な草とか毒キノコとか食べても絶対食あたりとかしなくて、ジャングルで遭難しても「こっちじゃね？　勘だけど」とか根拠もなく言ってほんとに出てきそうだし、何年も助けが来なくても全然へこまなそうだし、おまえみたいなどうでもいいことでも笑える能天気な奴と一緒だったら、無人島でも明るく生きていけそうだから』」

そこがいいとか好きだとかは俺自身はナオじゃないから思わないけど、騎一が本当にそういう男だというのはこの島に来て身にしみて実感したので、自分でも稽古場よりも口先だけのセリフじゃなく真実味が出ている気がした。

騎一はニッと笑って、

「いいじゃん、割と。……でもほんとの俺は頼りになるだろ？　ひとりでしっこにいけない尚ちゃまにつきあってやったり、プリンセスに顔面チューしたムササビもすぐ取ってやったし」

「……。」

ニヤニヤされて腹立たしかったが、事実なので「その節はありがとうございました」と棒読みで告げる。

これ以上コケにされたくなかったので、会話を打ち切るために尚は言った。

「騎一、ちょっと受信機貸して。おまえが飯食ってる間、バカップルの会話でも聞いてるから」

好んで聞きたくもなかったが、こいつにからかわれるよりマシだ、と思いながら、騎一が持ってきてくれた受信機を受け取ってイヤホンを両耳にはめる。

電源を入れて膝を抱えて目を閉じると、

『和久井さん、ごちそうさまでした。ローストビーフ、すごく美味しかったです。ダッチオーブンっていろんなもの作れるんですね。…でも、和久井さんのお誕生日なのに、作ってもらっちゃってすいません』

『いいのいいの、さっきケーキ作ってくれたから、今度は俺の番。俺、旅行前にウキウキしすぎてダッチオーブンレシピの本なんか買っちゃって、熟読しちゃったからさ。いろんなメニューが載ってたんだけど、面白いのもあってね、石をたくさんダッチオーブンに入れて熱してから、さつまいもを石の間に埋め込んで小一時間焼くと、遠赤外線でめちゃうまな焼き芋ができるんだって』

『へえ、おいしそうですね』

『うん、でさ、結哉、今度冬休みにまた碧海島《あおみじま》に来て、ここでダッチオーブン焼き芋しない？』

……わざわざそんなことのために船でここまで来なくても……それに冬の海辺って寒いじゃないか、と冷え性で酔いやすい尚は想像しただけで和久井のデートプランに却下判定を下す。

『え、冬に……？』

『うん。焚《た》き火《び》にあたりながら、焼けるまで結哉とひとつのブランケットにくるまってぴったりくっついて待ったり、ひとつの焼き芋を半分に割ってはふはふ食べるところ想像したら、「冬まで待てねぇー！」って叫びたくなっちゃった』

どんだけ常に叫びたがってるんだろう、この人、それに小一時間かけて一本しか芋焼かないのかよ、どんだけひとつのものをふたりで分けあいたいんだ、と呆れながら聞いていると、結哉は呆れるどころか感激したような声で言った。

『……和久井さん、嬉しいです。いまから冬の予定とかまで考えてくれて……』

嘘、感激しちゃうんだ、さすがバカップル、と思っていると、しばらく間があってから、すこし潤んだような結哉の声がした。

『……さっきね、僕、海に沈む夕日を見てたとき、前に来たときは見られなかったなとか、あのとき僕は、和久井さんのことすごく好きだけど、僕じゃない人のほうが和久井さんを普通に幸せにできるんじゃないかって、だから諦めなきゃって、そういう気持ちでここに来てたなって思い出したんです……』

『結哉……』

戸惑ったような和久井の声に尚も思わず耳をそばだてると、

『でも、いまはそうじゃなくて、絶対僕が和久井さんを幸せにするんだって、ほかの人なんかメじゃないくらい、僕が一番和久井さんを好きだって、やっと自信持って思えるようになったんです。あのとき諦めてたら、こんな綺麗な夕日を一緒に見られなかったんだって思って、諦めなくてよかったなって、和久井さんとまた一緒にいろんなものを見たいなって、そうできるように、これからも和久井さんにずっと好きでいてもらえるように頑張らなきゃって、夕日を見ながら思ったんです……』

……へえ、なんか可愛いな、これだけ一途《いちず》に愛されてたら、そりゃ嬉しいだろうよ、相手は、と思っていると、チュッと軽いリップ音がして、

『……びっくりした。なんかまた変な思考回路が発動して、『やっぱり今からでも諦めたほうが』とか言い出すのかと思って心臓バクバクしちゃったよ。……結哉がいないと俺は幸せになれないって言ったよね？　先に片想いしてくれたのは結哉でも、いまは俺のほうが絶対結哉のこと好きだよ。俺こそ結哉にずっと好きでいてもらえるように頑張んなきゃって思ってる』

……ほんとだよ、変態はキライって言われないうちに自分を抑える術《すべ》を学んだほうがいいよ、と思っていると、

『僕が和久井さんを一生好きっていうのはもう決定で変わらないんですけど……、それに僕のほうが絶対和久井さんのこと好きな分量多いですよ？』

『いや、俺のほうが多い』

『そんなことありません、だって僕のほうが一年分先に好きだったし』

『いや、それは確かにスタートは遅いけど、追い上げがハンパないから。俺だって結哉を一生愛してるってもう決定で不変だし。ね？　俺は「好き」より「愛してる」だから』

『ぼっ僕も…愛してます、だから負けてません』

……いいよもう、わかったよ、どっちでもいいよ、好きにしなよ、と尚はポリポリ前髪を掻《か》く。

ひとしきり自分のほうが好きだ、と言い合ってから、和久井が声のトーンを変えた。

『……結哉、あのさ、結哉が大学卒業したら、一緒に暮らさない……？』

『えっ……』

『いや、いまもほとんど毎日お互いの家行き来してるから、実質一緒に住んでるみたいなものだけど、結哉が俺の部屋から自分の家に帰るときとか、隣なのにちょっと淋《さみ》しかったりするんだ。だから、いますぐじゃなくていいから、同じ家に住めないかなって思って』

『和久井さん……』

『学生の間は兄弟でもない社会人の男と一緒に住んでたらなんか変って思われるかもしれないけど、結哉も社会人になった後なら、ルームシェアって理由つけることもできるし。結哉の就職先の近くに物件探すから、結哉にどこにも帰らないで同じ家にいてほしい。

……それでね、こんなこと言い出すと重いって引かれるかもしれないけど、一緒に暮らすってなったら、結哉のご家族にご挨拶させてもらいたいなって思ってるんだ。結哉がご家族に打ち明けるのが嫌じゃなければだけど。でも、俺は一生結哉と一緒にいたいから、ずっと秘密にしておくこともできないだろうし、認めてもらえるかどうかはわからないけど、真剣な気持ちだってことをちゃんと伝えたいと思ってる』

……この流れは、いわゆるプロポーズ的な意味合いなのでは……と尚はかすかに自分までドキドキして、目を閉じたままコクッと唾を飲む。

箍の外れた溺愛変態エロジジイかと思ったら、結構真摯にふたりの将来のこととか考えてるんだ……と若干見方が変わる。

イヤホンから小さくしゃくりあげるような声がして、

『……和久井さん、ありがとうございます、そんなこと言ってくれて……。全然重くなんかないです、すごく嬉しいです。僕も和久井さんとずっと一緒に暮らせたら幸せです。……今まで父たちに、その、僕の性癖とか話したことがないので、どういう反応が返ってくるかわからないんですけど、前からいつかは話さなきゃって思ってたんです。ずっと勇気がなかったんですけど、和久井さんと一緒だったら、ちゃんと話せるような気がします。もし話してみて、わかってもらえなくても、僕は和久井さんと絶対離れませんから』

……うん、頑張りな、大変かもしれないけど、と思わず尚は心の中で応援してしまう。

『うん、俺も離さないから。…ありがとう、うんって言ってくれて。結哉の返事が一番嬉しい誕生日プレゼントだよ』

『ううん、僕こそありがとうございます。こんな星が綺麗な夜の海辺でそんなこと言ってもらえて、嬉しくて、ちょっと泣いちゃいそうです……』

しみじみ想いのこもったふたりの声を聞きながら、

（……ただの能天気バカップルかと思ってたけど、なんかいいな、こういうの……。ゲイとか男同士とか関係なく、真剣に想い合ってるふたりっていいかも）

とかすかに憧憬《どうけい》を覚える。

そのとき、不意に片方のイヤホンを引っこ抜かれ、目を開けると騎一の顔が目の前にあった。

「なんかまた面白いプレイでもやってんのか？　尚、笑ってるけど」

微笑ましい気分に浸っていたのを台無しにされ、尚は口を尖らせる。

「違うよ、すごくいい場面だったのに、邪魔しやがって」

どこよ、と隣に座って片耳にイヤホンをさしながら、騎一は湯気のたつマグカップを差し出してくる。

「カップスープくらいなら飲めんだろ。ちょっとは腹に入れときな。ただでさえビビりなんだからこんな洞窟で眠れるかわかんねえのに、空腹だともっと眠れねえだろ」

「……。」

また親切と嫌味が両方混じったようなお節介を焼いてくる相手を一瞥《いちべつ》し、

(頼んでないけど、せっかく作ってくれたんだし、もったいないから飲んでやる)

と尚は受け取って口をつける。

海辺のカップルたちは、プロポーズでなにやらテンションが上がったらしく、

『結哉、片付けは明日やることにして、早くツリーハウスに帰ろう。前に来たときはあそこで寝られなかったから、今回は絶対可愛い木の家で「俺の白雪姫」ごっこをしたいと思ってたんだ』

『もう和久井さん、なんですか、それ。それにさっきから変なあだ名ばっかり……、僕もつけちゃいますよ、「僕の王子様」とか』

『うわ、どうしよう、明日ハイキングに行ったときに山から叫ぼうと思ってたのに、もういま海に向かって山びこ風に叫んじゃうよ。「君が好きだーすきだーすきだー」』

『「僕もーぼくもーぼくもー」……やっぱりこれ恥ずかしいです、思わずつられてやっちゃったけど』

さっきまでのしっとりした雰囲気からいきなり元に戻っているふたりに尚がブッとスープを噴きそうになっていると、隣から、

「……どこがすごくいい場面なんだ？　めっちゃアホらしいバカップルトークのまんまじ

ゃねえか」

「……いや、さっきは違ったんだよ、ほんとに」

こんなひとり山びことかやってなくて、真剣に将来のこととか話してたんだよ、と教えてやろうかと思ったが、なんとなくもったいないような気もして尚は微笑ましいプロポーズの場面を自分だけの秘密にする。

スープを飲み終わる頃、ツリーハウスに帰ったバカップルが『白雪姫プレイ』を始めだし、本人たちだけが楽しい濡れ場の盗聴に疲れた尚が途中で、

「なぁ、もう今日はやめにしないか？　もういい加減これ聞くの疲れた……」

とぐったりしながら言うと、騎一も頷いて、

「そうだな。どうせ明日も一日元気にバカップル全開だろうから、体力忍耐力温存のために寝るか」

とイヤホンを外す。

空になったマグカップを少量の水でゆすぎ、口も漱いで洞窟の入口に流しに行くと、いつのまにか森はもう真っ暗だった。

夜の森の不気味さに足早に戻ってくると、騎一が蚊取り線香に火をつけてから自分のシュラフに入ろうとしているところで、

「あれ？　日野《ひの》さんたちが並べてくれたとき、こんな近かったっけ？　おまえ神経質だし、

こんなくっついてると眠れねえだろ？　もっと離らかしたほうがいいよな」

と、せっかく近くに寄せたシュラフを元の位置に戻そうとするので、尚は慌てて、

「いいよ別に、そこで。おまえのこと隣で寝られるのも耐えられないくらいのゴキブリレベルまでは嫌ってないし」

とはっしと引き留める。

騎一は「ふうん」とおかしそうに片方の口角を上げ、

「じゃあまあこのまま寝っか。夜中にしっこ行きたくなったら起こしていいからな」

幼い子供相手に言うような口調に内心むっとしたが、なにがあるかわからないので一応低姿勢に頷く。

「……わかった。たぶん大丈夫だと思うけど、その節はよろしく」

おう、と言いながら、騎一はふたりのシュラフの間に懐中電灯を置き、片腕を枕がわりに頭の下にしいて尚がシュラフに入るのを見届けてからガスランタンを消した。

急に暗くなった洞窟内に内心ビビリながら尚はそろそろとシュラフの端を引き上げる。

横になってみると枕がないのが気になり、騎一のように自分の腕を入れてみたが、痺《しび》れそうで嫌だな、と尚は手探りで懐中電灯を探してつけると、自分のリュックから明日の着替えを取り出しタオルで包んで枕がわりに置く。

「尚？　どした？」

「あ、やっぱ枕が欲しいかなと思って」
「洞窟でもアメニティにこだわるのが尚らしいな」
と笑って、「おやすみ」と目を閉じる騎一に「…おやすみ…」と口の中で返事をしても
う一度シュラフに横たわり、懐中電灯を消しかけ、(でも消すと真っ暗になってしまう)
と躊躇しながら隣に目をやる。
「あのさ、騎一、これつけといちゃダメか？　真っ暗だとなにかあったとき困るし……」
「電池がもったいねえじゃん。寝てる間に電池が切れちゃったら、そっちのがいざってい
うとき使えなくて困るだろ。どうせ目ぇつぶっちゃえば真っ暗なんだから一緒じゃねえ
か」
「……。」
そうだけど、こんな場所で真っ暗だと不気味で怖いんだよ、とはコケにされそうで言え
ず、尚は渋々懐中電灯を消す。
蚊取り線香の赤い火が小さく点《とも》っているだけの暗闇の中、尚は溜息を押し殺してシュラ
フに潜り込む。
こんなところで寝られるかよ、という思いでいっぱいだったが、起きているのも怖いの
で頑張って早く寝てしまおう、と目を閉じる。
……でも、いつコウモリ帰ってくるんだろう、またイモリがぼとっと落ちてきたりした

ら、それも顔とかに落ちてきたら最悪……、まだ遭遇してないほかの生き物もなんかいるかもしれないし……、などとあれこれ気になって眠るどころではない。

それなのに隣からは早くも安らかな寝息が聞こえてくる。

尚は内心舌打ちして、

（……もう寝たのかよ、寝つきよすぎだろ。3、2、1で寝るなんて催眠術か全身麻酔じゃないんだから早すぎるだろ。いびきかいてないだけマシだけど、こんなところで速攻でカーカー寝られるなんて、どんだけ神経ワイヤー男なんだよ。ほんとに石器時代でも氷河期でも絶対死ななそう、こいつ……）

とシュラフから顔を出して暗闇の中で輪郭しか見えない男を横目で睨む。

座長はこのドリアン男を匂いだけで食わず嫌いするなって言ったけど、一日一緒にいたってドリアン臭が強すぎて呆気《あっけ》に取られてばっかりだよ。そりゃすこしは親切だったり逞しかったりすげえなってとこもあるし、ちょっとは慣れてきたかもしれないけど、と思っていると、入口のほうからカエルらしきつぶれた鳴き声が聞こえた。

尚はビクッとして、

（入ってくんなよ、通り過ぎろよ、ここにはおまえのエサになるようなものはないぞ。レトルトとカロリーメイトしかないから）

と心で威嚇しながら息を殺して気配をうかがっていると、音大卒の聴力の良さが災いし、森の奥のほうでホーホーピョーピョーリーリーキエーバサバサなど様々な生き物が蠢いている音が小さく聞こえてきてしまう。尚は身を固くして、

（……やだなぁ、ほんとになんかいるよ、こえーよ、でもきっとこんなところまで来ないはず）

と自分に言い聞かせながらも、なぜか望まないのに昼間からやたら動物と遭遇してしまったことを思い出し、また寝てる間になにかがそばにやってきちゃったらどうしよう、と青ざめる。

……ちくしょう、人のことディズニー体質なんて言ってビビらせておいて自分だけさっさとぐーぐー寝やがって、と恨みがましい気持ちになり、尚は片腕を伸ばして隣の黒い輪郭の顔に掌を近づけ、規則的な寝息を立てている鼻を軽くつまんだ。

かっ、と口で息をするのを内心プッと笑って指を離す。

起きる気配がないので、さらに悪戯を続けて軽く唇をつまんだり、そっと髪の毛を掴んだり、耳たぶをひっぱったりしてみる。

人の体温に触れながら呼吸音を聞いていると夜の洞窟の恐怖感が和らぐ気がして、

（こいつ熟睡してるし、たぶん気づかないだろうから、手つないでいいかな。そしたら、ちょっとは怖さが薄らいで寝られるかも……。こいつが俺に森の仲間たちが寄ってくるとか不吉なこと言わなければ俺はもっと心穏やかに寝る気になれたかもしれないんだから、

責任取ってもらって、こっそり手つなぐくらい別にいいよな)

と言い訳して、尚はそろそろと片手を下ろして騎一の手を探す。

暗闇の中目をこらすと、騎一はシュラフから両腕を出して寝ており、片手は頭の下に、もう片方は肘を曲げて腹のあたりに乗せているようだった。

尚は闇の中でそっと手を伸ばし、勘で相手の右手の甲と思われる位置に自分の左手を乗せた。

(……あれ?)

手の下にはなにやら棒状の感触があり、手ではなくもっと下を触ってしまったことに気づいて尚はぎょっとして手を離す。

そのとき、

「……んー? なに、尚、しっこか? なんで起こすのに股間触るんだ?」

と半分寝ぼけたような騎一の声がした。

「!」

起きちゃった、よりにもよってこのタイミングで、さっきさんざんバレてもいいようなところを触って悪戯してたときには全然起きなかったくせに……! と尚は内心慌てふためく。

ひとまず取り繕わなくては、と平静を装って、

「いや、違うんだ、別にそこ触るつもりじゃなくて、トイレでもなくて、その、えっと、ほら、あの場面、第一幕第四場の、おまえのおなか撫でるシーン、ちょっと練習しようと思ったら、若干目測を誤った」

駅の階段から落ちたナオをキイチが助けて腹部を強打し、胎児が流れるかも、と心配しながら腹痛を堪えるキイチの腹をナオが病院施設に着くまでタクシーの中で撫で続ける場面を練習しようとしたのだ、と苦しい言い訳をする。

怖くて寝られないから手をつなごうとしていたことがバレないように適当なことを言って誤魔化し、

「悪い、起こすつもりじゃなかったんだ。寝てくれ」

と付け足すと、隣の黒い人型の影がむくっと起き上がり、目をこするような動きをする。

「……目測誤りすぎだと思うけど、おまえ寝てる人間相手に練習するほど気合入ってんのか。なら俺も相手役としてつきあってやる。……どうせ練習すんなら、一番ダメ出し食らってた第二幕第五場がいんじゃねえの」

「……え」

騎一ははっきり覚醒してしまったらしく、懐中電灯をつけてガスランタンを灯して振り向いた。

いや、いいよ、ほんとは芝居の練習じゃなくて怖くて触っただけだから、と本当のことを告げるわけにもいかず、絡みの場面を練習しようと言われて尚は内心うろたえる。

でも、その場面を含めて恋愛演技の上達のためにこんなところまで来たんだし、逃げていても仕方がない、やらなきゃうまくならないんだから、と自分に言い聞かせて起き上がる。

稽古場ではやるたび梯《かけはし》に怒られていたので余計硬くなってしまったが、いまなら怖い演出家はいないので、ビビらず集中できるかもしれない。

「……じゃあ、よろしく」と軽く頭を下げると、騎一も頷いて、一瞬で役に入ったらしく、尚を抱きしめて髪にキスするフリをしながらセリフを言った。

『ねえナオさん、両親が仲良くしてる会話聞かせるのって、胎教に超いいらしいんだけど、……究極に仲良しなこと、俺とする気ある……？』

尚はナオの気持ちになって戸惑った表情で口ごもり、

『……いや、でも、「両親」って、俺たちは別に若様の親じゃないし……』

『いいじゃん、正確な続柄なんかなんだって。ふたりで若様のお父さん役とお母さん役を兼ねるんだから、実質的には「両親」で間違ってねえじゃん』

『……それはそうだけど……』

『じゃあもっと仲良くなろ？　いますぐ』

騎一にシュラフに押し倒され、思わず真に迫った口調になる。

『ちょ、キイチ、待って……あの、別に仲良くしたくないわけじゃないけど、まだ早いっていうか、心の準備が……』

『大丈夫。早くない。できちゃった結婚した新婚さんだと思えば当然してもいいことだから』

　Tシャツの上からボタンを外すフリをする騎一に、

『でも、おまえ妊夫なのに、勃つの……？』

「うん、尚が人の寝込み襲って股間握るから、勃ちそう」

「……は？」

　全然ホンと違うセリフを言われて尚がぽかんとすると、騎一は笑ってまともなセリフを言い直す。

　もう、真面目にやれよ、それに握ってないし、ちょっと触っただけだし、と思いながら、尚も役に戻り、

『……で、でも、キイチ、まだ早いってば』

と抗うと封じるようにキスされる芝居に続く。

目を閉じて、触れ合う五ミリ手前で止めた唇をすぼめてチュッチュッと舌で音を立てる。

　いつもこのへんからダメ出しが入ってまともに通しでラブシーンできたことないんだよな、と思った途端、条件反射でこれまでに梯から浴びた数々の叱責が脳裏にこだまし、キ

スに夢中になって騎一の首に腕を回して引き寄せる芝居をしなくてはいけないのにぎくしゃくした動きになってしまう。

それでもキスの芝居をしながら、

『……ねえ、まだ早い？　それとも、もっと仲良くしたくなってきた……？』

という相手のセリフを待っているのになかなか言わないので、薄目を開けると騎一がじっと見下ろしているのに気づく。

「……なに？　次おまえのセリフだぞ？　抜けちゃったのか？」

セリフは全部入ってるんじゃないのかよ、と思いながら問うと、

「や、違くて、おまえの演技がやっぱ硬いから」

「……っ」

自分でも自覚していることをライバルにスパッと言われると、座長に言われるより癪に障り、尚は相手の首から腕を外して肩を押しながらキッと下から睨んだ。

「悪かったな、何回やってもしょぼい演技しかできなくて。おまえより演技下手で。俺だっておまえみたいにほんとに好きな相手と寝たがってるみたいな自然な芝居、演りたいけどできないんだよ。だって男なんか好きになったことないし、男と寝たこともないからナオがキイチを求める気持ちなんか全然わかんないんだよ」

座長には怖くて言えない憤懣《ふんまん》とうまくできない自分への苛立《いらだ》ちをぶちまけると、騎一は

やや黙ってから口を開いた。

「なら、ほんとに寝てみる？」

「……え？」

一瞬意味がわからず聞き返すと、騎一は真顔で繰り返した。

「男と寝たことないからうまく演れないっていうなら、一回ホンのとおりに『仲良く』してみないか？」

「……！」

なにを言い出すのかと尚は目を瞠る。

「……なにふざけたこと言ってるんだよ。役のためにほんとに寝てみるとか、冗談でも夕チ悪すぎるよ」

そんなこと言ったら銀行強盗の役をリアルにやるには実際に強盗しないといけなくなっちゃうじゃないか、と眉を顰めると、

「別にふざけてねえし、冗談も言ってねえけど。尚は本物をコピーするのうまいし、さっき結哉の喘ぎを真似したときもうまく再現してただろ。だからもし俺といまここで実際に寝てみて、それを舞台でセルフパクリしたら、稽古のときよりリアルな演技になるんじゃねえかと思って」

「……。」

相手の瞳はふざけたりからかったりしているようには見えなかったが、ありえない提案に言葉が出てこない。

こいつの思考回路がフリーダムなのは知ってるし、さっきふざけて「別に嫌いじゃないからできそう」とか冗談言ってたけど、ただの相手役の俺にほんとに寝てみないかなんて、いくらなんでもフリーダムすぎるだろ。

でもこいつは芝居をやるためにT大中退するくらいの男だから、身体張って俺の役作りに協力してやろうと思ってるのかも。相手役の演技がしょぼいと芝居全体の質が落ちるから、こいつなりに作品のためを思って言ってるのかも。

でも、俺はこいつと違って常識人だし、いくら役のためとはいえ本当に寝るなんてありえない。

「……そんなことできないよ」

小さくかぶりを振ると、騎一は上からじっと尚の目を見下ろしながら言った。

「じゃあ尚はバカップル鑑賞だけでゲイの恋心が掴めんの？　このまま帰って座長の演技テストに受かる自信あるわけ？　恋愛演技の嘘くささや硬さが改善されてねえなら降板なんだろ？　いまの演技じゃ全然稽古のときと変わんなかったけど」

「……。」

痛い指摘に尚は言葉に詰まって唇を嚙む。

たしかにこんなところまで合宿に来たのに、演技に活かせるようなことはまだなにも掴めていない。

でも降板は絶対したくないし、こいつより迫真の演技もしたい。

座長にも「おまえの本気を見せろ」と言われているし、もし根性を出してほんとに一回こいつと寝てみたら、いまよりナオに近づけるんだろうか、と気持ちが揺らぎだす。

でも、と尚は視線を揺らし、

「……けど、俺の貞操観念的に演技でフリするだけならまだしも、ほんとに寝るとか無理だよ。そういうことは好きな相手とすることだと思ってるし……」

口ごもりながら言うと、騎一はちょっと笑って、

「尚のそういう思考回路が素でお嬢様チックなところ可愛いと思うけど、尚はまず役者だろ。役作りとプライベートは分けて考えりゃいいじゃん。貞操観念はプライベート用に取っといても腐らねえよ。お互い今はプライベートで遠慮しないとマズい相手とかいねえしさ。座長にナオ役を生きるために格闘しろって言われたんじゃねえの？　俺は尚以外のほかの奴がナオ役になったらつまんねえし、おまえに降板になってほしくねんだけど」

「……。」

たしかにいまは好きとか嫌いとかそういう話じゃなく、演技力向上のための提案なんだから貞操観念や倫理観は置いといてもいいのかも……、それに相手役はほかのメンバーじ

ゃなくおまえがいいって言うってことは、こいつも俺を対等のライバルと思っているのかも、それはちょっと嬉しいけど、いくら役と格闘しろと言われてもこの方法で格闘するのは……と尚はぐるぐる悩む。

「俺だって降板はしたくないけど、……でもおまえと寝るとかそんな恥ずかしいことできない。ほんとにホンどおりに寝るとしたら、おまえのあんなものを俺のあんなとこにいれなきゃいけないし、そんなこと男の身体の構造的に無理だし……」

赤くなって首を振ると、騎一はプッと噴き、

「恥ずかしいのはともかく、構造的には無理じゃねえだろ。だって今日さんざんバカップルの生H見たじゃん。もうびっくりするくらいナチュラルに出し入れしてただろ」

……そうだった、しかも全然痛そうじゃなくてむしろすごくよさそうだった、…じゃなくて、構造的に可能だとしてもやっぱり信条として無理、と言いかけた尚に騎一が畳み掛ける。

「尚はいままで頭で考える役作りしてきたじゃん。でも今回はいつもと同じアプローチじゃナオ役が掴めてないだろ。尚はいま降板がかかってる崖っぷちなんだから、死ぬ気でどんな役作りでもやってみるべきなんじゃねえの。どんな経験だって役に活かせるし、ナオ役を理解するためにこの際身体から役作りする方法もアリだよ」

騎一の言葉には妙な熱意と説得力があり、そうかもしれない、という方向に気持ちが傾

く。

「……アリ、かな」

「アリだ」

きっぱり頷かれ、尚はもう一度脳内でぐるぐる悩み、こんな洞窟でふたりだけで非常識な役作りをしたとしても誰にもバレないから非難されることもないし、こいつとここで一回寝たところで死ぬわけじゃないし、今の俺がナオ役を自然に演じるための手立ては他にないかもしれない、と意を決して、

「……わかった。ほんとはこんな役作りどうかと思うけど、俺ほんとに降板がかかってる崖っぷちだし……これでナオの気持ちがすこしでもわかるなら、おまえと、『仲良く』してみる……」

悲壮な覚悟で告げると、騎一はすこし目を瞠ってからフッと笑って頷いた。

からかうときの笑みとは違う素直な微笑が妙にかっこよく見えて、この男とこれから本当にHするのか、と急に鼓動が速くなる。

尚はなんだか変なことになってしまった、と今更うろたえながら、

「騎一、でもあの、Hの展開なんだけど、ホンのとおりの手順じゃなくてもいいかな……。ナオは経験者の設定だからキイチに自分からフェラとか騎乗位とかするけど、俺は男とは初心者だから、いきなりおまえのを、その、ほんとに咥えたりするの、ハードル高いから

「……」

と赤くなりながら言うと、騎一はおかしそうに笑って、

「了解。じゃあ一回目はご奉仕プレイしてやる」

「……え」

一回目ってなんだよ、一回しかやらないのに、と尚は焦る。

「やるのはいま一回だけだからな。えっと、あと騎一、俺素でH下手みたいだから、なんかテンパってみっともないこと言ったりやったりしても、全部ここだけの秘密にしてくれ」

すでにいまからかなりテンパっている状態で頼むと、騎一は笑って頷く。

「大丈夫、吹聴《ふいちょう》するようなことじゃねえし」

そう言ってキスするように唇が下りてきたので、尚は慌てて、

「あと一個だけ！　騎一、ナオとキイチみたいに一応最後までするつもりはあるけど、もし俺が途中でほんとにもう無理って言ったら、そこでやめてくれ」

役作りのためのHだし、相手役の意思を無視して無理矢理《むりやり》犯すような男ではないと思っているが、一応念を押すと、騎一はニッと挑戦的な笑みを浮かべる。

「そんなこと言われると、途中で無理なんて絶対言わせねえよって気になるだろ」

「無理」じゃなくて「もっと」って言いたくなるように、尚の好きそうなジェントルプレ

イを心がけてやる、と言いながら騎一は唇を塞いできた。

「ンッ……」

フリなら何度もしたことはあっても本当に触れ合ったことはなかった唇を合わせられ、すでにドカドカ脈打っていた鼓動がもっと速まる。

食いしばり気味の唇を舌で辿《たど》られ、すこし緩めたら中に濡れた舌が入ってきた。

男の舌なんか口に入れたことがないから大きさや厚みに驚いてすこし身がこわばる。

その舌でなだめるようにゆっくり口の中を探られ、舌を絡められて内心緊張しながらも、こいつはこんな風にキスするんだ、とひそかに胸がざわめく。

騎一のキスは一緒に楽しもうと唇と舌で誘われているみたいだった。

されるまま硬くなっていた尚も、リラックスさせるようなキスに徐々にこわばりが解け、思いきって舌を伸ばして相手の口の中を訪れたり、口の中に入ってくる騎一の舌をついたり吸ったりしてみる。

「……ん、ふ、ぅ……」

昼間結哉がかぷかぷ嚙まれるのが好きと言っていたのを思い出し、甘嚙みしてみると相手からもお返しのように軽く嚙まれた。

ここまではまだ平気、まだ嫌じゃない、と思いながら相手の舌を舐めていると、するりとTシャツの裾から片手を忍ばされて胸を撫でられる。

「……っ……」

そんなところを愛撫されたことがないので、なにか変な感じだった。

平らな胸を揉みしだかれ、乳首を指の腹で円を描くように刺激されて尖ったところをきゅっと指で摘まれる。

「……ンッ……！」

性器ほどダイレクトな快感ではないが、じわっと気持ちいい気がした。

騎一はチュッと唇を啄《ついば》んでから身体をずらし、裾をまくってあらわにした乳首に唇を寄せてくる。

「……あっ……」

舐められて思わず声を上げてしまい、かあっと赤面する。

慌てて手で口を塞ごうとすると、騎一は尚の手を取ってきゅっと指を絡ませ、

「ダメじゃん、塞いじゃ。ホンでもナオは声出してるだろ」

「そうだけど……」

ナオなら声を出してもおかしくないと思っても、恥ずかしくて唇を引き結んで堪えていると、騎一は尚の片手を恋人繋ぎしたまま乳首に吸いつき、空いた手でもう片方の乳首を摘んでくる。

尖る乳首を舐め転がされ、噛んだり吸ったり、揉んだり潰したり、指と舌で悪戯な少年

がお気に入りのスイッチボタンのおもちゃで遊ぶように熱心に弄られる。

「……尚、どう、これ、悪くない？」

「……えっと、まあ、悪くは、ない…けど……」

長いこと乳首をかまわれているうちにだんだん「じわっと気持ちいい」から、ちょっと触れられただけでゾクッとするほど「かなり気持ちいい」に感想が変わってしまう。

台本ではナオはキイチにちゅうちゅう乳首を吸われて、赤ちゃんに吸われるみたいと思った途端赤ちゃんにはできないようなやらしい舌遣いをされて、悶えながら頭を胸に押し付けることになっている。

尚はト書きどおり胸の尖りを吸う騎一の頭に片手を添えて抱えながら、ホンにはない質問をする。

「……ねぇ、そんなに男の胸なんか触ったり舐めたりして、おまえ飽きないの……？　女子の胸ならともかく」

「飽きない。乳首ちっちゃいけど、おまえ肌綺麗だし、なんか手に吸いつく感じで触り心地も舐め心地もいいし」

「……っ、いいよ、そんな感想言わなくて」

照れくさくて怒ると、「尚が訊くからじゃん」と騎一が笑う。

赤く尖って濡れた乳首からようやく舌を離し、もう一度唇にキスしながら、騎一は片手を下に滑らせて服の上から性器に触れてきた。

「っ……!」

稽古のときは触るフリだったのにしっかり掴まれて、羞恥に上げた声はキスで塞がれたまま喉奥でくぐもる。

容《かたち》を辿るように優しく揉まれ、芯を持ち始めると直接下着の中に手を入れられて握りこまれた。

「……あっ、騎一っ……!」

胸と違ってそこは人に触られた経験があるのに、騎一に触られていると思うとうろたえてしまう。

「大丈夫、気持ちいいことしかしねえから」

初めて聞くような甘いトーンの声でなだめられ、なぜかドキドキして余計落ち着かなくなる。

言葉どおり騎一は大きな手で先端をくるんで撫で回し、反応して勃ちあがる茎の裏側を指の股で擦ったり、握りこんで絶妙な力加減で扱《しご》いてくる。

「……ンッ……騎一、なんか、なんか……あっ……」

自分でもなにが言いたいのかわからず、でもなにかを訴えたくて口を開くと変な声が出てしまう。

恥ずかしい、照れくさい、逃げ出したい、気持ちいい、やめてほしい、もっとしてほしい、と心に浮かぶ言葉はバラバラで、どれを選べばいいのか混乱する。

羞恥にぎゅっと目を閉じ、はぁはぁ喘ぎながら手淫の快感を味わっていたら、先走りを零す性器があたたかくぬめったものに包まれる感触に尚はハッと目を開く。

「やっ、騎一、なにやって…っ…！」

驚いて見下ろした先で自分のものが相手の唇に深く飲み込まれ、あまりのことに悲鳴を上げてしまう。

「やぁっ、やだ、騎一、そんな、ホンにないこと、しなくていいからっ……！」

「ホン通りじゃなくていいって尚が言ったんだろ。……これ、恥ずかしい？」

こくこく頷いて「おまえだってやだろ……？」と小声で問うと、

「や、大丈夫。尚のご子息、色とか形とか綺麗だから抵抗ねえし、今日は奉仕プレイだから、ホンにないこともサービスしてやる。おとなしくサービスされてな」

「いっ、いいよ、ダメ、いらないから、そんなサービス……ちょ、アッ！」

もじつく脚を抱えこまれて再び中心に顔を埋められる。

躊躇なく舐め上げられて感じやすいくびれを扱られ、ずるりと喉奥まで含まれる。

「やだ、やだ、やめろって、もう騎一っ、やだ、ぁ……！」

羞恥に脚をバタつかせて喚くと、

「なんで、フェラされるの初めてじゃねえだろ？」

「そうだけど…っ…、こんな食われそうにされたことないっ……！」

涙目でかぶりを振ると、騎一は先端に唇を当てながら笑い、

「おまえの反応、いちいちツボる。色気ねえけど可愛い」

「可愛いとか言うな、やめろってば、あぁっ」

また含まれて相手の髪を強く掴むと、騎一は咥えたままちょっと笑って懲らしめるようにすこし歯を立ててくる。

嚢を捏ねまわしながら、根元からぬろーっとすぼめた口で舐め上げられ、先端のまるみにれろれろと舌を這わしてひくつく鈴口《すずぐち》をくじられる。

女子の小さな口で品よく咥えてもらったくらいの経験値なのに、及びもつかない強烈な刺激を与えられ、

「やぁっ、騎一っ、そんな、エロい舐め方すんなっ……！」

「エロい舐め方しないでどうすんの。…気持ちいいだろ？」

「…っ…、いいよっ、いいけど、やだっ……あっ、あぁっ……んー！」

じゅぽじゅぽと卑猥な音を立てながら顔を大きく上下させて追い上げられ、声が止まらなくなる。

「あっ、あっ、騎一、ヤバい、ちょっ、と、…も…いきそっ、出そう、もう離せって

……！」

必死に脚の間から頭を外そうとするのに、騎一はより奥まで飲み込んでじゅうっと啜り上げ、二つの珠を絞るように揉んで射精させようとする。

「も、バカッ、出ちゃうよ、騎一ぃ……！」

離せと懇願しているのに、いいからいけ、というように頭を速く動かしながら舌を巻きつけられ、尚は半泣きになって、

「ダメだって…ほんとに、やだ、口に出すの、…やっ……あっ、はぁっ、あぁーっ……！」

遠慮会釈ない口淫の強烈な刺激に堪えきれず、尚は相手の口の中で爆《は》ぜてしまう。

吐き出した余韻にガクンと頭をシュラフに倒した尚の達った性器を、騎一はさらに搾るように根元から手できつく扱きあげて先端をちゅうぅと啜って溢れる雫《しずく》まで飲み込んだ。

ごくんと相手の喉で鳴った音に尚はハッと肘で身を起こす。

脚の間で唇を拭う相手の仕草がやけに雄っぽくて尚は真っ赤になり、

「なんでねちっこく最後まで飲むんだよ……ていうか飲むなよ、そんなもん。口離せって言ったのに…っ」

恥ずかしさと困惑でいたたまれない尚に騎一は言った。

「だってシュラフ汚したらマズいし、尚の声聞いてたら、ねちっこくしたくなったから。

……よかっただろ？　いい声でいっぱい喘いでたじゃん」

「…っ！　よかったけど、よければいいって問題じゃないんだよ」

俺が恥ずかしいから離せって言ったら離さなきゃいけないんだよ、と赤い顔でキッと睨むと、騎一は笑って、

「よければいい問題だろ、いまは。おまえ、ごちゃごちゃ考えすぎなんだよ、いつも」

と尚のずりさがっていたボトムを下着ごと脱がし、うつぶせに転がす。

尚は焦って振り向きながら、

「ちょ、ちょっと、なにスムーズに先進めてんだよ」

「だって、最後までする気あるって言ったじゃん。死ぬ気の本気出してナオと同じ体験してみるんだろ」

「……。」

……そうだった、自分だけエロいフェラされて気持ちよくイかされてる場合じゃなかった。そんな場面台本にないのに。

でも、役のためとはいえまだ本当に合体することへ往生際《おうじょうぎわ》の悪い気持ちが残っており、尚はなんとか逃げ道はないか必死に探す。

「……あの、でも、おまえはキイチじゃないんだから、男相手じゃ、勃たなくない……？」

機能しないなら残念だけどしようにもできないし、と期待しながら問うと、騎一はあっさりと、

「や、むしろ『もう俺めっちゃその気になっちゃってるもん』『ナオさんの中で、これ宥《なだ》めてよ』ってリアルに言える状況になってるけど」

「え」

ほら、と片手を取られて騎一の硬くなったものに触れさせられ、尚は「わっ」と手を引っ込める。

騎一は尚の反応に噴きながら、

「なんだよ、さっきは自分からここ触って寝てる俺を起こしたくせに」

「いや、だからあれはわざとじゃなくて、暗かったから間違えたんだってば。……ていうか、なんでそこそんなことになってんだよ」

俺なんにもしてやってないのに、と赤い顔で訝《いぶか》しむと、騎一は笑って、

「尚の反応が予想外に可愛くてツボったから。ホンのとおり『可愛げねえフリして超可愛い』って感じで萌えたから」

「……。」

こいつに可愛いなんて言われても嬉しくないはずなのに、なぜかすこし悪くないような気分になってしまう。

こいつはいつも適当な冗談ばっかり言ってるけど、人の機嫌を取るために心にもないことを口にするタイプじゃないから、さっきの俺の全然色気のないじたばたした姿も、きっと変とか思わずほんとに面白いとか可愛いとか思ったのかもしれない。

キイチになりきってるからかもしれないけど、あんな俺の反応見て勃つなんて、おまえどっかおかしいよ、と思いつつ、うっかり無反応よりよかったような気にもなってしまう。

「……えっと、じゃあ、…続き、…する……？」

「うん。…あ、ゴムねえから生でしていい？」

「えっ……、ん……やだけど、しょうがないから、…いいよ」

終わったらちゃんと除菌ウェットティッシュで拭けよ、と色気皆無のことを言うと、騎一が「几帳面すぎ」とおかしそうに噴き出す。

こんな洞窟でこんなことをはじめる予定じゃなかったから、準備が足りないのは仕方がないが、

「尚、なんか濡らすもの持ってる？」

と訊かれ、なんで俺が、と思いつつ、自分の身のために尚はもぞもぞ這いずって自分のリュックに手を伸ばす。

台本ではベビーローションを使うことになっているが、そんなものはないので持参した中で使えそうなものをゴソゴソ探し、日焼け止めのジェルとすり傷・虫刺され・やけど用

の軟膏《なんこう》と虫除《むしよ》けローションとボディソープとリンスインシャンプーとハンドクリームを取り出すと、背後から四つん這いになって身体の上に重なってきた相手が、

「無人島にどんだけ持ってきてんだよ」

と笑いながらハンドクリームのチューブを手に取った。

騎一はうつぶせの尚の腰を持ち上げて膝を曲げさせ、無防備な尻の狭間にハンドクリームをたっぷり纏った指を滑らせてくる。

「…っ…！」

ぬるぬると穴を辿られ、ビクッと身が竦む。

そんなところを直接触られると、覚悟が揺らいで不安とためらいがむくむくと胸を占め、役のためでもやっぱりやだ、と思ってしまう。

クリームを塗りこむ指がすこしだけ中に入ってきたとき、

「あっ！　……あの、騎一、俺、やっぱ……怖いんだけど……」

ビビリとでもなんとでも言え、と思いながら、もうやめてほしくてシュラフを掴んで小声で訴えると、騎一は指を抜いてくれるどころか、

「ごめん、いま俺、尻弄られて怖がる尚に萌えた」

「！　なんだよ、それっ、最中も会話しないと相手のほんとの気持ちわかんないって言うから正直に言ったのに、会話しても全然噛み合わないじゃんかよ！」

思わず喚いたとき、入口にあった指をぬるりと根元まで含まされた。

「尚、ガチガチだったから、甘ったるいこと言うより、怒らせたほうが余計な力みが抜けるかと思ったの。ほら、指一本入っただろ」

「……っ」

圧迫感と異物感に抗議したいのに、奥に埋め込まれた指が探究心旺盛に内側を動きまわり、違和感を凌駕《りょうが》する震えが走るような場所を見つけられてしまう。

「んぁっ…、騎一、そこ、…なんか……あっ…やだ、そこ触んなっ……！」

びくんっと背を反らせてまた勃ちそうな性器を慌てて片手で掴む。

さっきも達ったのに、またそうなるなんて日頃の自分からは考えられない。

普段は自分でもたいして弄らないのに、騎一の前で何度も反応するなんて恥ずかしい。なのに、騎一は身体の奥の気持ちよくて我慢できないような場所を弄り回すのをやめてくれない。

ぎゅっと握ってこれ以上育たないように堪える尚の手を外して騎一はそこを優しく扱きだす。

「やっ、騎一、やめっ……！」

後ろに味わったことがないような快感を与えながら、同時に前も昂《たか》めようとする騎一に、もうやだ、と震えながら訴えると、すこし意地悪な声で訊かれた。

「どっちをやめてほしい？　中弄るのと、前擦るの」

「……え、どっちも……」

「それは却下。どっちかひとつならやめてやる。じゃあどっちが気持ちいい？」

「え……両方いいけど、…お尻、かな……。なんか、中に、たまんないとこがある……」

正直に言ったらやめてくれるのかと羞恥を堪えて告げると、騎一は前を扱いていた手を離し、中をかき回していた指を二本に増やした。

「ちょっ、なんで……アッ！」

「だって奉仕プレイだし、より気持ちいいほうやってやりてえし。…尚、エロいことは悪いことじゃねんだって。尚、感度いいし、エロい気分になったら抑えたり堪えたりしないで浸ればいいんだよ。和久井さんと結哉みたいに」

「やっ、あんなの……見習えないよっ……、やだ、騎一、そこ、ぐりぐりすんな、ぁっ……！」

騎一にお尻を弄られて達きそうに感じるなんて、自分はどうかしてしまったのかと思う。エロいことは恥ずかしくてはしたなくて前後や最中の手順とかふるまいを考えたら面倒でややこしいから好きじゃないのに、騎一はごちゃごちゃ頭で考えずに感じるまま浸れなんて言う。

中で蠢く指はひたすら高めるだけで決して傷つけるような動きはしないから、どんどん内側から昂《たかぶ》って、やらしい指を嫌がって追い出すどころか、離すまいと襞《ひだ》が指に纏いついているような気がする。

クリームを足しながらさらに指を増やされ、中を拡《ひろ》げてもっととろかすように甘く嬲《なぶ》られ、尚は快感と困惑にじわっと瞳を潤ませて両腕に顔を伏せた。

「騎一ぃ、もうやだ……、これダメだよ……だって俺、さっきからナオになりきってるからじゃなくて、素で感じちゃってるから……っ！」

すごくいけないことをしている気がした。

役作りのための行為なのに、セリフもまるで思い出せないくらい頭の中が真っ白で、体は快感で真っ赤に染まってしまったようだった。

騎一は縮こまる尚の背中にのしかかるように顔を寄せてきて、涙ぐむ尚の目尻を舐めながら言った。

「いいんだよ、感じるようにやってんだから、感じてくれなきゃ困るよ。尚がちゃんと感じなきゃナオも不感症のままだろ。……それに俺だって、役のナオより素の尚のほうが抱きてえし」

「え……？」

どういう意味か聞き返そうとしたとき、後ろから指が抜かれてそこに熱いものが押し付けられた。

（あ、騎一の……）

直《じか》に触れるリアルな感触にドクンと心臓が大きく波打ち、息が止まる。

「……尚、いま、ナオの『……もう、挿れて……？　キイチの……』ってセリフ、気持ちこめて言える？」

「……。」

だめ、言えない、と首を振ると、騎一はそこを先端でぬるぬる辿りながら言った。

「……これいれるの、怖い？」

今更だと自分でも思うが、こくん、と小さく頷くと、騎一はまた伸び上がって尚の耳にチュッと口づけ、

「でも俺、いまキイチの『やっぱり挿れさせて？』ってセリフ、超気持ちこめて言えるんだけど」

だから尚、挿れさせて？　とセリフなのかなんなのか、甘え声でねだられて返事もできないうちに騎一は腰を掴んでぐっと先端で肉を拓《ひら》きながら中に入ってくる。

「あっ……！　やっ、ダメ、騎一っ……！」

狭い場所を拓かれる衝撃に思わず息を飲んで身を竦めると、騎一は背中を抱くように密着しながら片手を前に回して優しくなだめてくる。

前を扱きながら、もう片方の手を乳首に這わせ、尚の身体を大事なものみたいに触れて

くる。

嫌なのに、怖いのに、優しい手つきで怯える身体をいつくしむように撫で回されるのは嫌じゃない。背中に相手の鼓動と体温を感じながら乳首と性器を気持ちよく愛撫されたら、奥が弛緩《しかん》してズッと身を進められる。

「…あっ、…や、騎一、すご、おっき……っ」

奥に入ってくる相手のものは熱くて硬くて、じりじり進んでくるそれに擦られる内側がやけどしそうだった。

背中から抱きこまれ、疼《うず》く乳首と性器を揉みながら後ろにねじこまれたら、もう自分がどうなっているのか、痛いのか気持ちいいのか、嫌なのか嫌じゃないのか、やめたいのか続けたいのかわからず、尚はぼろっと涙を零す。

「……尚、キツい？」

すこし息の上がった相手の声が耳元で聞こえ、尚は小さくこくこく頷く。

奥までいっぱいにされ、裂けてしまうのではと思うほど拓かれて息もできないくらい苦しい。でも不思議とそれだけじゃない。

相手の脈打つものが自分の身体の中にある感覚は、どうしてだかいますぐ抜けと泣き喚きたいほど嫌でも不快でもなかった。

「痛い？　平気か？」

こんなのいれられて平気なわけねえだろ、とごねてやりたかったが、相手の心配そうな口調は珍しいので、すこし苦しさが和らぐような気がした。

「……平気じゃないけど、平気。……でも、動くのは、もうちょい待って……」

みっしり埋め込まれた大きなものですぐ抽挿を始められたら、洞窟中に反響するような声で叫んでしまいそうでそう頼むと、

「わかった。……けど、なんか動かなくても挿れてるだけですげえいい。尚の中、狭くて、あったかくて、うねうねしてる」

しなくていい実況をされ、尚はかぁっと赤くなって喚いた。

「だからそういう感想はいらないってばっ……！」

恥ずかしいだろ、とすぐ後ろにいる相手を首をひねって睨んでやると、

「尚だって、『大きい』って先に感想言ったじゃん」

と笑って返される。

「それは、…苦しくてやだって意味で、全然誉めてないから」

無意識に零した言葉をあげつらわれて赤い顔でツンと言うと、騎一はうなじに軽く噛みついてくる。

「可愛くねえな。ちょっと美人で名器だと思って調子に乗ってんな？」

「乗ってないから。…それに名器とか、変なこと言うな。あと噛むな」

身体の深いところを繋げあっているのに、いつも通り色気のないケンカめいたやりとりになる自分たちがなんとなくおかしくて、尚は小さく笑みを洩らす。

未知の行為に怯えて逃げたくなるたび、バカなことを言われて怒っていたら、いつのまにか逃げる機会を失ってこんなことになってしまった。

恥ずかしいし、苦しいし、役作りで男と寝るなんてバカげたことするのは最初で最後だけど、その相手が騎一だったことはなぜかちょっとだけ安心感もあるような気がして、尚は背中から抱きしめてくる相手の腕に触れ、「騎一」と囁いた。

「……あのさ、もう大丈夫そうだから、動いても、いいよ……？　俺が不感症じゃないナオを演れるように、はしたない声あげてぶっとんじゃうくらい、めくるめくご奉仕してくれるんだろ？　……できるもんならだけど」

相手を見習ってひとこと余計な言い方で促すと、耳元で「言ったな？　見てろよ」と含み笑った騎一に有言実行されてしまい、尚はその夜かなり長い間、もし洞窟のそばを通った動物がいたら驚いて逃げ出しそうな声を上げさせられた。

＊＊＊＊＊

翌朝目覚めると、まだ奥になにかが挟まっているような身体の違和感と尋常じゃない疲労感から昨夜の出来事をまざまざと思い出し、なんてことをしてしまったんだろうと尚《なお》はシュラフの中で固まる。

好きな相手と結ばれた後朝《きぬぎぬ》ではなくただの役作りなので、ほわほわもじもじした照れくささなど一切ないが、とんでもないことをしてしまったという激しい羞恥と狼狽まじりの照れくささに襲われる。騎一《きいち》とどんな顔で何を話せばいいのかわからず赤面したまま動けないでいると、

「尚、生きてるか？　朝飯食えそう？　それとも先に脱糞するか？」

「……。」

いつもと変わらぬ能天気な声をかけられ、尚は脱力して、こいつにまともな羞恥心なんか働かせる必要なかった、と潜っていたシュラフから顔を出す。

しゃがんで見下ろしながら「おはよ」と笑いかけられ、尚は仏頂面《ぶっちょうづら》でよろよろ起き上がり、節々のだるさにもう一度倒れ伏したくなる。

昨夜は、はじめは後ろから繋がっていた身体を仰向けにされて長々揺すられ、もういい

と言ったのに役のように騎乗位をとらされて下から延々突き上げられ、倦怠期の義務Hどころか情熱的にご奉仕され、何度も達かされたし、相手の精液もたくさん胸や腹にかけられた。

　自分が余計なことを言って煽ったことは認めるし、相手は下手じゃなかったので全然よくなかったわけではないが、自分がこんなに絶不調で照れくさいのにすっきりした顔の相手が腹立たしくて、

「……おまえ、俺が軟弱者って知ってて、なんであんなに何度もすんだよ。一回だけでいいって言ったのに、やりすぎなんだよ。もうおまえのこと和久井《わくい》二号って呼ぶからな、絶倫エロジジイだから」

　怒りと照れ隠しで子供じみた文句を言うと、騎一はしれっと片眉を上げた。

「じゃあおまえも結哉《ゆいや》二号って呼ぶぞ？　思いのほかあっさり『いい、いい、もっと』って言いだしたし」

「……っ、そちらのご記憶違いじゃないでしょうか。当方には『やだ、やだ、やめろ』と言った記憶しかございませんが」

　それ以外のこともいろいろ口走った記憶はあるが、それはわけがわからなくなった状態で誘導されて無理矢理言わされたようなものなので、これ以上その件について言及されないようにと尚はだるい身体を片手で支え、騎一に恨みがましい視線を向けながら言った。

「……おまえの精液の残り香のついた身体で一日過ごすのやだから、俺をいますぐおんぶして川に連れていけ」

「相変わらずなんて高飛車なんでしょう、尚お嬢様は。ちゃんと寝る前に除菌ウェットティッシュで拭いてやったじゃん。……お嬢様のリクエストだから連れてってやるけど」

ほら、乗りな、と反対を向いて背中を見せる騎一に、昨夜枕がわりにした着替えとタオルを持っておぶさると、騎一は「よっ」と立ち上がって昨日水浴びした沢へ向かう。

昨日船酔いをしておぶわれたときにはなんでもなかったのに、身体を合わせたあとに相手の背中に抱きついていると妙にどぎまぎしてしまう。

自分より高めの体温や引きしまった背中は昨夜何度もしがみついたので覚えがあり、密着した背中越しにドキドキしている鼓動が伝わったら困ると内心うろたえる。沢に着いて下ろされると尚はことさら仏頂面で言った。

「呼ぶまであっち行ってろ。今日はのぞくなよ」

「残念。美脚の犬神家のポーズ、また見たかったのに。じゃあその辺散歩してくるから、今度はモモンガに気をつけな」

「ちょ、やめろよ、ほんとに来たらどうすんだよ」

ぎょっと慌てる尚にプッと噴いて、騎一は森の中へ入っていく。

自分ばかりへどもどして相手はいつも通りなのが癪に障り、もう俺だって全然気にしな

いで普通にしてやる、と思いながら、尚は木の陰で朝の小用を済ませ、きょろきょろ周囲を確かめつつ服を脱いで、昨日の轍《てつ》を踏まないように水中の段差に気をつけて淵《ふち》へ進む。

足腰ががくがくだったが、あれでも配慮があったのか何度もされた割には身体に傷などついておらず、半身を水に浸けてもしみたりしなかったので尚はひそかにほっとする。

中出しはされなかったが身体にはかけられたので、今日こそはボディソープをつけて情事の名残を跡形もなく綺麗に洗い流したいところだったが、エコ的に諦める。

滝壺まで転ばず無事にたどり着き、沢を流れ落ちてくる水を両手で受けて身体を濡らし、シャワーのように下に立つと、水の冷たさに震えて毛穴がきゅっと締まり、乳首が尖った。

そこに上から落ちてくる水がかかっただけでじんと疼いてしまい、尚は驚いて自分の胸を見下ろす。

点々と赤い痕が散る胸元でツンと勃った乳首は、昨日水浴びしたときには冷たさで生理的に尖ってもこんな風に疼いたりしなかったのに、昨夜騎一がしつこく舐めたり揉んだりしたせいで敏感になってしまった、と尚は羞恥と怒りでばしゃばしゃ水しぶきをはねあげながら身体を擦る。

が、自分の手で身体に触れるたびに、昨夜騎一が同じ場所をどう触れたか思い出してしまい、胸や腹や水の中の両足を手で擦るだけで妙な気分になってしまう。

頭を冷やそうと顔を滝につきだしてひんやりするまで打たれてから、手で顔を拭うと、自分の掌が唇に触れた途端またぴくっと震えが走り、騎一の唇の感触が蘇《よみがえ》って頬が熱くなった。

……だから、あれはただの役作りなんだから、稽古場と舞台以外でいちいち思い出さなくていいんだってば、と尚は赤面して自分に言い聞かせ、もう一度顔を洗って川べりまで戻り、ムササビやモモンガの襲撃がないか上空を窺いながら服を着た。

服を置いていた石の上に座ってタオルで髪を拭いていると、足音が近づいて、

「お、ナイスタイミング。朝飯ここで食おうぜ、洞窟から持ってきたから」

「え」

顔を上げるとナップザックを背負った騎一が尚のそばの地面にあぐらをかく。

「一回戻ったのか?」

元気だな、おまえの腰は大丈夫なのかよ、と軽く呆れながら問うと、

「うん、おまえ洞窟だとまたコウモリとかイモリとか気にして、今日も食欲湧かねえとか言いそうだから、外ならピクニック気分でちょっとは食えるかなと思って。昨夜いっぱい運動したんだから、しっかり食いな」

「……。」

運動とか言うな、昨夜のことは昨夜だけのイレギュラーなんだから思い出させるなってば、と内心赤面しながら思っていると、騎一はナップザックを開けて、

「あんパンとクリームパンとジャムパンとカレーパンとメロンパンとチーズ蒸しパンのどれがいい？　山分けにしよう」

「……え」

四次元ポケットのように次々出てくる菓子パンに尚は呆気に取られ、

「……えーと、俺、一個で充分だから。……じゃあ、ジャムパンもらうから、あと全部おまえ食っていいよ」

それは本当に一回分なのか？　と思ったが、菓子パン五個でも足りるのか不明な大食い男は「そうか？　おまえほんと少食だな」とジャムパンとペットボトルのオレンジジュースを手渡してくれ、尚が一個食べ終わるまでに五個食べきっていた。

「……足りたの？」

ちゃんと嚙んでるのか？　と思いながら訊くと、騎一は頷く。

「まあ、小腹は満たされた。……じゃあ一回洞窟帰って支度して本日のバカップル鑑賞に行くとするか。さっき受信機で様子を窺ったら、午前中は島の反対側の入江で海水浴するつもりらしかった」

「……ふうん」

またあの疲れるバカップルトークを聞かなきゃいけないのか、と気が進まないのと身体がダルいのとで小声で返事をした尚を見上げ、

「しょうがねえな、お嬢様はダルダルらしいから、奉仕プレイのオプションで今日はおぶって移動してやるよ」

と言うと、騎一は尚の座る石の前に屈んだ。

……こういうところはちょっと優しいのかな、と思うけど、昨日「もういい」って言ったのにやりまくったこいつが悪いんだから当然だ、と尚は遠慮なく相手の背中におぶさる。

洞窟へ戻ると、騎一は菓子パンの空袋をゴミ袋に片付けたり、斥候グッズをリュックに詰めたりし、尚は日野《ひの》に言われたようにふたりの寝乱れたシュラフを手アイロンで綺麗に整え、何事もなかったように並べなおす。

昨夜は騎一がシュラフを汚さないように尚の零すものを飲んだり自分のＴシャツで受けたりして一応気をつけてくれたので、シュラフには汗以外のいかがわしいものは付着していないようだったが、自分が必死で掴んだ跡が残っていて、尚は赤面しながらぐいぐい皺を伸ばす。

「お、さすが整理整頓魔。万一和久井さんたちが来ても使用済みとは思わなそう。……尚、今日も晴れてるから行く前にＵＶケアしときな。けど、日傘は目立つし、俺が笑っちゃうからなしだぞ」

「……わかった」

せめて今日のバカップルは昨日よりちょっと落ち着いてテンション下がってるといいん

だけど、と願いながら日焼け止めを塗って帽子をかぶると、騎一もキャップをかぶってリュックを身体の前に通し、また背中に尚を背負って山を下りていく。

森を抜けると左右を岩礁で囲まれた扇形の入江があり、小さな木の桟橋から筏《いかだ》が繋がれて漂っており、砂浜にはすでにバカップルがビーチパラソルを立ててブランケットをしき、お揃いのパーカーを羽織《はお》った水着姿で楽しげに貝拾いに勤《いそ》しんでいる。

騎一はまたふたりから死角になりそうな木立にレジャーシートをしいて、腹這いになるよう手振りで示す。

尚はテンション低くのろのろと騎一の隣に伏せたが、相手の体温を感じた途端また妙に意識してドキドキしてしまい、心臓の音や赤くなる頰に気づかれないように数センチ距離を取って受信機のイヤホンを片耳に差し込んだ。

『あ、和久井さん、桜貝がありました、ほら、可愛いピンク色』

『ほんとだ、結哉の膝小僧の色みたいだね』

『もうー』

『だってほんとなんだもん。ねえ、ちょっとそこで膝抱えて座って膝小僧に頰寄せてこっち見てくれる？』

『え、なんでですか？』

きょとんとする結哉に和久井はパーカーのポケットからデジカメを取り出し、

『写真撮るの。今日は撮影会メインで行くからね。自分への誕生日プレゼントに結哉の写真集作ろうと思って、いろいろ萌えポーズ考えてきたから、俺の言うとおりポーズ取ってくれる？』

またマニアックなこと言い出したぞ、と騎一が面白がり、尚は（今日も全然テンション下がってない……）とドキドキ感が遠のいたかわりにぐったりする。

『えー、恥ずかしいな。……リクエストなので頑張りますけど、エッチな写真はなしですよ……？』

『わかった。今日のところは清純アイドル路線で行くね。はい、じゃあいま言った膝小僧に頬寄せて目線ください』

『……こうですか？』

『そう、めっちゃ可愛いー！　いただきました、いまの顔。俺の可愛い結哉の顔と俺の大好きな膝小僧のベストコラボの奇跡の一枚……！　いま興奮してちょっとよだれ垂れそうになっちゃった』

なにやっとんじゃ、と呆れ果てる尚の視界で和久井は次々と結哉に萌えポーズを取らせ、バシャバシャシャッターを切る。

『今度はこの貝殻を耳に当てて目を伏せてみて？』

と立体的なト音記号のような白い巻き貝を結哉に持たせたり、

『じゃあ次は砂浜にうつぶせになって頬杖《ほおづえ》ついて片足だけ膝から曲げてぴょこんって上げてくれる？　いいよいいよ、可愛いよ。上着脱いじゃおうか』

『次は砂山作ってひとりで棒倒ししながら笑ってくれる？』

『波打ち際走ってー』

『今度はちょっと思いつめた顔してこっち見ながら手ブラしてくれる？』

『次は乳首にさっきの桜貝当てて人差し指で押さえて、テへ、みたいな顔してみて？』

『じゃあお尻こっち向けて四つん這いになって恥ずかしそうに振り返ってみようか』

などとだんだん指示が怪しくなっていく和久井に結哉は顔を赤らめて、

『もう和久井さんてば。そんなこと言うなら僕も和久井さんの写真撮りたいです。もっと僕のこと撮りたいなら、僕にも和久井さんの萌えショット撮らせてください』

と元祖マニアック撮影魔に戻って結哉は和久井からデジカメを取り上げる。

『はい、じゃあ片手で髪を搔きあげながら眩しそうに海を見つめてください』

『波打ち際でカニと戯《たわむ》れてください』

『「あっちぃ」って感じで水滴のついたミネラルウォーター飲んでください。ちょっと口元から零しながら』

『和久井さんもひとり棒倒しして笑ってください』

『水着脱ぎかけるみたいにウエストに両手入れてみてください』

和久井に負けじと妙な指示で写真を撮りまくる結哉を眺め、尚はぽつりと、

「……これ、楽しいのかな」

「楽しいんじゃねえか、本人たちだけは」

とひそひそ話していると、不意に結哉がふたりが潜んでいるこちらを向いて指をさした。

ぎょっと息を飲んだ尚の頭を騎一が慌てて抱え込むように伏せさせる。

イヤホンからは、

『和久井さん、今度はあそこの白いハンモックでお昼寝してるフリしてください』

という声がして、尚と騎一が隠れている木立から目と鼻の先の浜にある二本の木に結ばれたハンモックに和久井と結哉が近づいてくる。

ヤバい、こっち来る、どうしよう、バレるかな、向こうの目線より高くなってるから見えてねえはずだ、でも見つかったらどうする、とぼけろ、だって双眼鏡とかあるのに、大丈夫、バードウォッチングって言えばいい、と声を出さずに唇だけで会話し、バクバク心臓を打ち鳴らしながら身を伏せていると、バカップルはハンモックでお互いを撮影して再びビーチパラソルのそばへ戻っていく。

どうやらバレなかったらしい、と、ほぅ、と止めていた息を吐き出した途端、急に相手の顔に押し付けるように頭を抱え込まれている体勢に気づき、尚はかあっと赤面して慌てて身を離す。

また数センチ距離をあけて赤い顔を隠すように双眼鏡を当てると、バカップルは、『せっかくだからそろそろ泳ごうか、ふたりだけのプライベートビーチだし』『そうですね』と水着で海に駆け出していく。

座長の妄想一人芝居のようにきゃっきゃ言いながらふたりは水をかけあい、遠浅の海に入ってはしゃぎまわっている。

筏のそばまで泳いでいったふたりは懐かしそうに、

『前に来たとき、これ乗ったね。そういや結哉、あのときも俺の撮影しながら足踏み外して海に落っこっちゃったんだよね』

『わっ、変なこと思い出さないでください、恥ずかしいです。……和久井さんはあのとき筏でランチしてたら、トンビにフランクフルト取られちゃったでしょう？　あのとき、あんな目に遭っても動じずに「まいっか」ってすぐ気を取り直した和久井さんに、なんて大きい人なんだろうって、僕感激したんです』

ふたりともどんくさい思い出しかねえじゃねえか、と笑いながらツッコむ騎一に尚も噴き出すのを堪える。

『え、そうなの？　参ったなぁ、実はあのときはね、フランクフルト食べる結哉の口元見てエロ妄想してたらトンビにやられたんだよ。だからトンビを責められなかったの』

『えー、そうだったんですか？　そんなエッチなこと考えてたなんて、あのとき僕うっかり惚《ほ》れ直しちゃったのに』

『だってあのときはまだ、結哉とちゃんと恋人同士になれてなかったから、内心ずっとムラムラしてたのにジェントル和久井のフリするしかなくて、脳内では常に妄想しまくりだったんだよ。俺の仔リスちゃんがなかなか心を開いてくれなかったからさ』

そう言って和久井はいまは心も身体も完全に自分のものになった恋人を抱きしめて唇を重ねる。

『……んっ……ン、ぅん……』

背の高い和久井の首に腕を回してキスに応える結哉の顔を双眼鏡越しに見たとき、尚は自分も騎一とキスしてあんなうっとりした顔をしたんだろうか、とドキリとする。

いや、そんなはずはない、両想いカップルならともかく、俺たちは役作りのためにしただけだから、と慌てて頭を振る。

長いことキスを交わしているうちに、またも気分が盛り上がったらしい和久井が、

『ねえ、結哉、このまま海の中でしてもいい？』

え、嘘だろ、昨日も夜までやってたのに朝から元気すぎるだろ、そんなことしたら海が汚れるし、いま騎一のそばでエロいことされるといろいろ思い出しそうで困るんだけど、と尚は内心動揺する。

『え、ここで？　んー、いいですけど、どうやれば……』

『ちょっと待って。まず、水着脱いじゃおう』

どんだけ外で脱ぎたいんだ、この人、とツッコむ騎一の横で（ヤバい、ほんとにはじめちゃうみたいだけど、落ち着け、俺）とうろたえる尚の視界で、海に浸かったまま和久井は水中で水着を脱いで筏に乗せると、今度はざばっと水に潜って結哉の水着を脱がせにかかる。

『あっ、和久井さんっ、待って、自分で脱げるからっ』

水中で脚を取られたらしく筏に片手をかけて支える結哉のそばにまたざばっと戦利品を片手に和久井が顔を出す。

『水がすごい透明だから、結哉の身体と魚のコラボがいい感じで、まさにマーメイドみたいだった』

『もうー、またー』

『結哉、そのまま片手で筏持って、片手は俺の肩につかまって？　両足浮かせるよ？』

『え、わっ……』

和久井は浮力で浮かせた結哉の両脚を開いて自分の身体を割り込ませ、腰に結哉の脚を巻き付かせたようだった。

海の上からは上半身を寄せ合うふたりしか見えず、下半身は想像するしかないが、和久井は水の中で結哉の性器や後ろの穴を弄っているらしく、結哉の表情と声が徐々に甘くとろけていく。

昨日までなら恥ずかしくてもなんとか他人事《ひとごと》として観察できたのに、今日はふたりの行為が脳内でバーチャルに体感できてしまい、照れ死にしそうに恥ずかしくて冷静に観察することができない。

『あぁ、ん……なんか、水の中、ゆらゆらして……変な感じ……んんっ……』

双眼鏡を持つ手が汗ばみ、視界のカップルを見ながら視界の外の存在が気になって、この羞恥といたたまれなさをどうしたらいいんだ、と焦っていると、

「尚だったら海中プレイは無理だな。酔っちゃうし、ディズニープリンセスだから今度はジョーズとか大ダコとかが寄ってくると困るしな」

と隣から相変わらずシャレにならないことを騎一が言い、尚は目を据わらせて寝たまま足を蹴飛ばす。

「お嬢様のくせに足癖悪いぞ」

「うるさいよ。もうおまえとは陸でも海でも寝ないんだから余計なこと言うな」

まったくもう、とブツブツ言っているうちに和久井と結哉は海の中で合体したらしく、結哉の高い嬌声《きょうせい》がイヤホンから聞こえ、双眼鏡でのぞくとふたりのまわりの水面がザップザップと波立っている。

『やっ、中に、水も、入ってきちゃったかも……なんか、ぐじゅぐじゅゆってる気がする

っ……』

『ごめんね、あとで洗ってあげるから……、あぁ、めっちゃ気持ちいい……』

『んっ、んっ、僕も…っ、あんっ、やっ、和久井さっ、溺れちゃうよぉ…っ……』

『大丈夫、ちゃんと抱えてるから……』

『あ、あ、空、眩し……、なんかもう、クラクラする…和久井さ、おねがい…キスして……？』

『ん……』

『ン、ンッ、うん、んん……ンンンーッ』

キスしながら達ったらしく、ふたりはそのまましばらく唇も身体も結び合ってゆらゆら波間で後戯を楽しんでから、ようやく繋がりをほどいた。

『……はぁ、海の中とか、初めてだったんですけど、……すごく…よかったです……』

『俺も超よかった。結哉が水の中で跳ねるから、ほんとに人魚としてるみたいだった』

人魚としたことあんのかよ、とツッコむ騎一に思わず同意していると、ふたりは水中であれこれ始末したらしく、きゃっきゃ言いながら水をかき回して誤魔化し、水着を持って裸で海から上がってくる。

もうこの海には入らない、元々泳ぐ気はないけど、と思いながらヌーディストカップルから目を逸らして音声だけ聞いていると、ふたりは水中Hで若干消耗したらしく、しばらくビーチで休もうと和久井が提案してパラソルの下に裸で横たわった。

『ねえ、いま写真撮ってもいい？　打ち上げられたマーメイドみたいな結哉の』

『ダメです、恥ずかしいから。Hな写真はなしって言ったじゃないですか』

『えー、エロじゃなくてアートだよ、結哉の裸体は』

『ダメですってば。そんなこと言うならもう服着ますから。いまだって恥ずかしいのに……』

『わかった。じゃあ和久井アイに焼き付けるから、もうちょっと生まれたままの君でいて』

和久井アイってなんだよ、メカかよ、変態彼氏を持つと大変だな、と結哉に同情していると、さらに和久井が変なことを言い出す。

『ねえ、結哉、あのさ、騎一が二回目に作ってくれた変なセリフのアンケあるだろ？　殿と小姓プレイで「愛《う》い奴じゃ」とか、ビッチな結哉設定で「ギンギンにおっ勃ててぶっかけな！」とかいうやつ。あれで俺、ちょっとシチュエーションプレイっていうの、面白いかなって目覚めちゃってさ。結哉にやってほしい妄想設定いろいろ考えてきたんだけど、セリフだけでいいから、ちょっとやってみてくれない？』

『え……？』

困惑した表情の結哉に尚はふたたび同情して、

「もうおまえのせいで和久井さんの変態度がさらに加速してるみたいじゃないか」

と非難がましく隣を睨むと、騎一は面白がる瞳でとぼけた顔をする。

『えっと、セリフって自分で考えるんですか？』

『うん、適当でいいから。えっとまずね、「禁断の兄弟愛」設定で、俺と結哉が兄弟っていうことにして、弟から兄に愛を打ち明ける感じでなんかしゃべって？』

『……はあ。じゃあ、リクエストにお応えして頑張りますけど、セリフ考えるからちょっと待っててくださいね』

結哉は恋人の意味不明のリクエストに真面目に考えこんでから、『では行きます』と和久井を見つめ、

『…「……仁《じん》お兄様、明日、銀河同盟軍の前線基地に行かれるそうですね。お兄様のご武運とご無事のご帰還を心から祈っています。……お兄様、次にいつお目にかかれるかわからないので、言わせてください。僕はずっとお兄様を兄としてではなく、ひとりの男性としてお慕いしてきました。万が一永《なが》のお別れになったら僕は後悔してもしきれません。もしお兄様がお嫌でなければ、どうか今夜、僕をお兄様のものにしてください……」……みたいな感じでいいですか……？』

『……やっばい、めっちゃ萌えた、結哉のお兄様呼び。でもまさかＳＦ設定と貴族チック設定が来るとは思わなかった。しかもちょっと切ない設定だし。思わず仁お兄様の気持ち

になってうるっとしそうになっちゃった』

『「禁断の兄弟愛」っていうから、ちょっと設定凝ってみました。こういう状況なら、兄弟で結ばれても許されるかな、と思って』

和久井に誉められて、えへへ、と照れ笑いを浮かべる結哉を尚は目をぱしぱしさせて眺め、騎一に言った。

「……なんか結哉くん、すごくない？　急のお題にこんな設定のセリフぱっと思いつくなんて、創作の才能あるんじゃないか？」

「ああ、たしかに。あいつ元々ネガティブ妄想のスペシャリストで、昔からありえない不幸ネタどんどん枝分かれして思いつくタイプだったから、想像力が豊かなんだろうな」

へえ、と感心していると、和久井が言った。

『じゃあ次はね、保育園の先生と園児設定で、俺が「ゆいやせんせいといっしょじゃないとボクおひるねしないもん！」とかいうガキで、結哉が先生役でなんか言ってくれる？』

『はぁ。……えっと「仁クン、じゃあ先生と一緒にお昼寝しようか」……みたいな感じですか？』

『そうそう、いいよー、萌える。もっと言って？　「ボク、ゆいやせんせいがだいすき！うちゅういちだいすきだよ。ボク、おとなになったらぜったいゆいやせんせいとケッコンする！」』

『「仁クン、嬉しいけど男同士は結婚できないんだよ？　でも、先生も仁クンが大好きだから、もし仁クンが大人になっても先生のこと好きでいてくれたら、結婚しようか？　でも、仁クンはきっと大きくなったら、先生のことなんか忘れちゃうんじゃないかな……」』

『「そんなことないもんっ！」……時は流れ、十年後。「結哉先生、俺のこと覚えてる？　俺、たんぽぽ組だった和久井仁。先生、俺、高校生になったんだ。もう大人だよ。あのときの約束、俺は忘れてないから。俺、先生のことずっと好きだったんだ。先生っ」がばっ、みたいな？』

擬音と同時にブランケットの上で和久井は結哉を抱きすくめる。

こっちも妄想力すごいんだけど、と尚が唖然《あぜん》としていると、

『……和久井さん、いまの設定、ときめいちゃいました。和久井さんが僕の年下設定とか、なんか新鮮な感じで』

『ほんと？　じゃあアンコールにお応えして、「ボク、ゆいやせんせいのチクビもみもみしながらじゃないと、ねんねできないもん！」っていうエロワルガキはどう？』

『やです、それは』

えー、結哉先生の乳首揉みたいー、じゃないとジンジン、ユイユイのパイパイ、モミモミしたくてフンガー！　って原始人になっちゃうよ、と和久井は結哉を抱きしめたままブランケットの上でじたばたする。

……あと正味一日だから試練に耐えろ、俺、と尚は自分に言い聞かせながら、

「……騎一、俺さ、帰ったら結哉くんに『別れたら？』って言っちゃいそう」

思わず本音を言うと、騎一も頷いて、

「俺も何度も言いかけたけど、結哉のこと好き過ぎておかしくなってるだけで、あれで普段はまともないい男だからさ。……それにほら、結哉が嫌がってねえし」

視線を戻すと、和久井にのしかかられている結哉は『もうー』と言いながら唇を尖らせてチューと自分からキスをする。

『……じゃあ、乳首揉んでいいから、先に和久井さんも僕の妄想設定やってくれますか？　えっとね、和久井さんがスクールカウンセラーの先生で、僕は学生で、隣のお兄さんに片想いしてるって悩みを相談したら、優しく励ましてくれるっていう設定です』

『いいよ、お安い御用だよ。いい？　「嵯峨《さが》くん、なにか悩み事があるなら先生になんでも言ってごらん？　秘密厳守だから安心して話してくれていいよ」……みたいな？』

『あ、すごい、理想の先生みたい。「和久井先生、僕、男の人を好きになっちゃったんです。隣に住んでいるすごくかっこいいサラリーマンのお兄さんで、引っ越しの挨拶にいったときにひとめ惚れしちゃったんです。毎日ベランダからこっそり見送るだけで口もきけないんですけど、その人のことを考えると、胸がいっぱいになって、勉強も手につかなくて……」』

『「なるほど。嵯峨くんは隣のリーマンに素敵な片想い中なんだね。その片想いの相手のことをもうちょっと詳しく先生に話してくれるかな？」』

『「え、はい。えっと、すこし年上で、すごくイケメンで、背が高くて、スーツが似合って、笑うと気さくな感じで、優しそうで、歯並びもよくて、きちっとしてる人って見ただけでわかる、とっても素敵なパーフェクトな人なんです」』

まあ見かけはな、おまえが絡まなければっていう前提だけどな、とツッコむ騎一に尚も頷く。

『「すごい誉めようだね。聞いてる先生がドキドキしちゃったよ。そんな相手なら思いきって告白してみたらどうかな。嵯峨くんはめちゃくちゃ可愛くていい子だから、きっと隣のリーマンも速攻でメロメロになっちゃうと思うよ。先生が断言して保証します」』

そんなアドバイスするスクールカウンセラーいねえだろ、と尚が脱力していると、

『「ほんとですか？　和久井先生がそう言ってくれるなら、頑張ってみようかな。……でも、いま和久井先生が僕の悩みを頭ごなしに否定したりしないで親身になって聞いてくれて、応援もしてくれてすごく嬉しかったから、僕、和久井先生のこと、好きになってしまいそうです……」っていう意表をつく展開はいかがですか？』

『うわ、隣のリーマンもカウンセラーも俺だから、一体どうすれば！　ってうろたえちゃったよ。じゃあさらに意表をつくまさかの展開で、隣のリーマン和久井とカウンセラーの

和久井が生き別れた双子で同じ相手を好きになり、ふたりがかりで結哉を抱くっていうのどう?』

3Pか、さすがマニアの発想、と呟く騎一に「ただの変態じゃんかよ」と常識人寄りの尚はめまいを堪える。

『え、和久井さんが双子でふたり同時に僕と……? なんて贅沢《ぜいたく》なシチュエーション、夢みたい』

『……え、なに、もしかして結哉、俺ひとりじゃ足りないの? ほんとは不満があった?』

『なに言ってるんですか、そんなことあるわけないじゃないですか。足りてます、足りすぎです。もうー、和久井さんが自分で双子でふたりがかりって言ったのに』

『ごめん、だって、なんか結哉、ふたりがかりって言ったとき目がキラッて光った気がして』

『光ってません。もう変なこと言わないでください。和久井さんが何人もいたら嬉しすぎて僕ショック死しちゃうから、ここにいる僕の和久井さんがひとりいてくれるだけで大満足です』

『結哉、可愛い。俺は結哉が可愛すぎてショック死しそうだよ』

またぶちゅうとキスをするバカップルから尚は目を逸らして近くに飛んできたバッタを

眺める。

　虫は嫌いだったが、いまは心が和んだ。

　この脳みそ破壊トークを聞くより、ヘビのそばで穴掘って野トイレするほうがマシかもしれない、とそこまで思ったとき、イヤホンから新たな一戦が始まった声が聞こえてくる。

『結哉先生っ、俺、はじめて夢精したとき、結哉先生の裸の夢見てた。それからずっと俺のズリネタは結哉先生を犯す妄想だけだったんだ！』

『仁くん、それ聞いても先生あんまり嬉しくない。仁くん、ちょっと落ち着いて聞いて？　先生は仁くんよりすごく年上だから、仁くんにはふさわしくな……あぁっ』

『年下じゃダメなのかよ、こんなに好きなのに……！』

『あっ、待って……先生も好きだけど、でも仁くんのためを思うと……あぁんっ、仁くんっ……！』

『ゆいやせんせいのチクビもオチンポコもボクのもんだ！　モミモミチュッチュする！』

『こら仁クンっ、子供のくせに先生にそんなエッチなことやっちゃダメ！』

『……結哉、実は私もずっとひそかに弟の君を愛してきたんだ』

『お兄様、ほんとに……？　嬉しい……あぁっ、お兄様が、入ってくるっ……』

『嵯峨くん、君はなんて可愛くてエロい身体をしてるんだ。もう先生はメロメロだ。隣のリーマンには君を渡さないよ』

『あっ、和久井先生っ……あ、あ、やぁん！』

そんな調子で『結哉先生』『ゆいやせんせい』『嵯峨くん』『仁くん』『お兄様』『和久井先生』『仁クン』と入れ替わり立ち替わりキャラを変えながらのシチュエーションプレイが続き、尚は思わず、

「……このふたり、座長に言って劇団にスカウトしてもらったらどうかな」

この演技力となりきり力と瞬発力、すごくない？　と即興芝居のエチュードを見ているような気分で言うと、

「やー、結哉は性格的に人前での演技は無理だろう。このアホなプレイはひたすら最愛の和久井さんのリクエストだから頑張ってるだけで、和久井さんと一対一じゃねえと芝居とかできねえと思うけど」

ひそひそ話しているうちに『お兄様ぁっ！』『結哉先生っ』とカップリングがズレながら絶頂を迎えたバカップルの珍妙なシチュエーションプレイがやっと終わる。

『……あー、盛り上がったね』

『はい、なんか面白かったです。でも、途中からよくわかんなくなって混じっちゃった気が』

『いいんだよ、楽しかったから。またなんか設定思いついたらやろうね、このプレイ』

もういいよ、ていうか好きにやってくれって感じだけど、誰ものぞきも盗聴もしてない

とこでやってほしい、と尚は自分たちが勝手にのぞきしていることを棚に上げてバカップルを心の中で諫める。

なりきりプレイで汚れた身体をまた裸で海に入って洗い流したふたりは、午後はお弁当を持ってハイキングへ行こうと相談し、今度はタオルで身体を拭いてちゃんと着衣でツリーハウスへ帰っていった。

元気すぎる、その有り余る体力をすこしわけてほしいくらいだ、とぐったりしていると、騎一が隣から、

「尚、和久井さんたち行っちゃったから、ちょっとだけ筏に乗ってみねえか」

とワクワクした顔で提案してくる。

……ほんとにこいつはまるでやんちゃなガキみたいなところと、すごく老成して達観してるみたいなところが同居してる変な男、と思いながら、(別にそんなに筏に乗りたいわけじゃないけどバカップル鑑賞を続けるよりマシかも)と尚は「いいけど」と頷く。

またおんぶされて入江の桟橋まで連れていかれ、騎一がロープをたぐり寄せて海面にぷかぷか浮かんでいる筏を引き寄せた。

三メートル四方の筏に先に乗った騎一に手を差し出されて、掴まって乗り移った途端また昨夜手を繋いだときのことを思い出してしまい、尚は焦って手を離す。

騎一は尚を筏の真ん中に座らせると、片足で桟橋を蹴り、ふたりを乗せた筏はすーっと

海の上を滑るように進んだ。

筏の上は多少ゆらゆらしたが、漁船の揺れを思えばなんでもない。

雲ひとつない夏空の下でキラキラと陽の光を反射する青い漣《さざなみ》にうっかりみとれかけ、

(いや待て、この海中にはバカップルふたり分の精液が拡散されてるんだった)

と我に返る。

「尚、おやつ食う？　チョコの溶けかけたポッキーだけど」

と隣に座った騎一がリュックをあけながら言った。

「んー、やめとく。さっき和久井さんが前に来たとき筏でランチ中にトンビに襲われたって言ってたし、俺も狙われたら怖いから」

おまえは食いなよ、菓子パン五個はとっくに消化されちゃっただろ、と言うと、騎一は上空を見上げ、「トンビの姿見当たらねえし、ポッキーは細くて掴めねえから狙わねんじゃねえかな」ときょろきょろしてから視線を下げ、「あっ」と沖のほうを見て声を上げた。

尚がビクッとして振り返ると、左右をカニのハサミのように岩礁が囲む入江と外海の境目あたりの海面に、小さい灰青色の三角形の物体が突き出ているのが見えた。

どう見てもサメの背びれとしか思えないそれに尚が悲鳴を上げかけた瞬間、騎一に手で口を塞がれる。

「大丈夫だ、あれ小さいし、離れてるからすぐ桟橋に戻れば逃げられる。それにサメが水中に潜って近づくんじゃなくて自分から姿を見せるときって、食う気じゃなくて好奇心で寄ってくる場合もあるってなんかで読んだことがある」

「～～！」

騎一は励ますように尚の肩を一瞬ぎゅっと強く握って立ち上がり、急いで後ろを向いてロープをたぐって全力で桟橋に引き返す。

「尚、サメの弱点は目とエラだ。俺こっち向きで見えねえから、もしあれがビューッと近づいてきて筏にガバッと噛み付きそうになったら尚が拳で目かエラを狙って殴れ！」

「無理！　そんなこと言ってる間に早く引っ張れ！」

ふたりで協力してロープを懸命に引いて桟橋に着き、筏から飛び移って振り返ると、入江の中に入ってきたサメの背びれがスイーッと弧を描いて沖に泳ぎ去っていく。それを見届けた途端、尚は糸が切れたようにその場にへたりこんだ。

騎一は「は…」と気の抜けたような声を出し、

「……びっくりした、おまえがスクリーム女優ばりの恐怖顔するからつい俺までつられてサメと思い込んじゃったけど、よく見ると、あれイルカじゃね？」

「……え？」

驚いて沖に目をやったが、もうサメかイルカか判別できないうちにその姿は波間に消えていた。

騎一は能天気に笑って、

「ま、無事だったからどっちでもいいけど。けど、ほんとに海の仲間たちまで寄ってくるなんて、おまえのディズニー体質筋金入りだな。次のあだ名は『アリエル』にしよう」

「もうやめろってば、それ！　そうやっておまえがさっきもジョーズとか余計なこと言うから見間違えちゃったんだろ！」

そもそもおまえが筏に乗ろうなんて言うから……！　と恐怖から解放された安堵感から目尻に涙を浮かべて睨むと、

「いいじゃん、別になんともなかったんだから。もしこの入江にサメがくるんだったら日野さんたちが注意してくれたと思うし、あれはほんとにイルカだったよ。それにもしサメだったら、和久井さんたちが水中プレイしてる最中じゃなくてよかったしさ。みんな無事でよかったじゃん」

「……それはそうだけど」

……なんだよ、イルカだったのか、驚かせやがって。イルカならもうちょっと近くで見たかったけど、もう絶対ジョーズかと思って大口開けて迫り来る想像して心停止しそうなところに、もし近づかれたら弱点を殴れとか無茶ぶりされて、焦って寿命が縮んじゃったじゃねえかよ、と思いながら尚は目尻の涙を拭う。

騎一は笑いを堪えるような声で、

「……おまえ、ほんとにビビリだな。そんなビビリはやっぱ能天気な奴と一緒にいたほうがいいんじゃね？」

「……え？」

顔を上げると、思いがけず真顔をしていた騎一と目が合う。なぜかドキリとした瞬間、相手はニッといつもの笑みを浮かべ、へたりこんでいる尚に背を向けてしゃがみこんだ。

「ほら、乗りな。洞窟に戻って昼飯食おうぜ」

「……うん」

いまのはなんだったんだろう、と思いながらも、サメに食われかけるという（イルカだったらしいが）極限の恐怖体験を味わったせいか、生存本能が刺激されて空腹感を覚えて尚は頷く。

いつもだったらこんなときに物なんか食えるかとイラッとするところだったが、いまはどんなときもなにがあろうとも食う気満々の相手の能天気さや、それに感化されて食欲のある自分がおかしく思えて、尚は騎一の背中におぶさりながら小さく口角を上げる。

洞窟に帰ってお湯で戻す白米にレトルトの中華丼をかけるという、いまひとつアウトドアらしくない昼食を取り、騎一が小用に行くと出て行ったあと、尚も意を決してひとりで野トイレにチャレンジした。

好んでやりたくはないが、サメから生還したと思えばこれくらいやってやれないことはない、と草むらに穴を掘ってテントウムシと目を合わせながら尚は花摘み行為を無事完遂する。

小川に行ってせせらぎに直接流さないように気をつけながら手を洗い、歯磨きをして洞窟に戻ると、先に帰っていた騎一が尚の手に洗面セットだけでなく野トイレセットを見つけて目を瞠った。

「……できたんだ？」

尾籠《びろう》な話はしたくなかったが、赤面しながら頷くと、

「ひとりでしっこもいけなかった箱入り尚お嬢様が大人になって……、じいやは感無量でございます」

「……じいやだったのかよ、執事かと思ってた」

照れ隠しにつっけんどんに答えて除菌ウェットティッシュで手を拭き、野トイレセットも除菌してからキャンプグッズの箱にしまっていると、騎一がまたプッと笑う。

「アウトドアに慣れてきたんだか、慣れねんだかわかんねえな」

「全然慣れないよ。しょうがないからやってるけど、ほんとはトイレでしたいし、ベッドで寝たいし、お湯に入りたいし、突然動物が飛び出してくるのも怖いし、バカップル鑑賞も試練だし、早く帰りたい」

この島に来るまで動物と子供に懐かれたことなかったのに、ほんとにこんなとこ来たく

なかったとマットに座って溜息をつくと、

「そうか？　俺はいろいろ楽しいけど。もっと制約なく動けるなら魚獲ったり蔦《つた》かロープでターザンごっこもしてえし、崖からファイト一発ごっこもしたかった」

やっぱり野生児だな、俺はそんなこと全然やりたくないけど、と思っていると、騎一はちょっと間をあけてから言った。

「……尚はアウトドアが嫌いって最初から決め付けてるけど、せっかくなんだから楽しめばいいのに。嫌いと思ってもやってみたら意外と好きになれたりすることもあるしさ。この合宿もバカップル鑑賞も、罰ゲームでもさせられてるみたいに嫌々やるんじゃなくて、もっと楽しんでやれば違うものが見えるんじゃねえかな。ナオ役のこともそうだけど、『天才は努力する者に勝てず、努力する者は楽しむ者に勝てない』って言うじゃん。尚は才能もあって努力もしてるけど、楽しんでやるってところが足りねんじゃねえの」

「……。」

そう言われて尚は足元に視線を落とす。

自分と騎一の差は、たしかにそういうところなのかもしれないと思う。

騎一もたぶん同じくらい努力しているだろうし、そのうえ楽しんでいるから自分よりいつも余裕でうまく演れるのかもしれない。

座長にこの島に行けと言われたのも自分の実力不足のせいなのに、被害者気分で早く帰りたがるばかりで、バカップル鑑賞も本物の恋人同士が通わせる心を見ようとしないでバカみたいな表面ばかり見て、このバカップルからまともに盗めるものなんかないなんて、最初から小馬鹿にしてたかもしれない。

器の違いを見せつけられたようで悔しかったが、自分もこのまま帰るわけにはいかないと思い直し、尚は伏せていた目を上げた。

「……あのバカップルっぷりを楽しめるかどうかは自信ないけど、明日帰るまで、余計な茶々とか入れないで、もっと謙虚にナオ役のために勉強させてもらうことにするよ」

そう言うと、騎一は「俺も余計なツッコミは控えて尚の邪魔しねえようにするよ」と笑みを見せ、それからふたりで受信機で傍受しながら和久井たちの行動を追いかけ、ハイキングしながら野原で萌え写真を撮り合うふたりをのぞき、山頂から海に向かって「好きだー」「僕もー」と叫ぶふたりをのぞき、夕方浜辺で漁師汁とおにぎりを作って食べるふたりをのぞき、持参した花火を楽しむふたりをのぞいた。

花火の後片付けをしながら和久井が、

『そうだ、結哉。いまから例の洞窟に行ってみない？』

と言ったひとことに尚と騎一は無言で顔を見合わせる。

『え、あの洞窟ですか？』

『うん、あそこは結哉とちゃんと恋人同士になれた思い出の場所だから、また行こうと思ってたのに、昼間ハイキングに行ったときは撮影に夢中でうっかり忘れてた』

『いいですよ、僕ももう一度行ってみたいです。前に来たときもちょうど今ぐらいの時間に行きましたよね、沖に竜巻が起きて』

『そうだった。雨も降ってきて、遠雷も聞こえたりして結構焦ったよね』

懐中電灯を持って山のほうへ歩いていくふたりを見送り、尚は小声で、

「……大丈夫かな、一応綺麗にしてあるから誤魔化せると思う？　俺たちの気配……」

騎一は斥候ポイントから起き上がりながら首をひねる。

「んー、夜だし、私物のリュックとかは奥のほうに置いたから、パッと見誤魔化せると思うけど、まさかほんとに洞窟に行くって言い出すとは思わなかった。けど、もしあそこに泊まられちゃったら困るな。俺たちがツリーハウスに泊まるか」

「俺的にはそっちのがいいけど、でもわざわざ好きこのんで洞窟には泊まらないんじゃないかな。コウモリいるし。ちょっと覗《のぞ》いたら、すぐ帰ってくるんじゃないか？」

尚も起き上がってレジャーシートを畳みながら言うと、

「ひとまず盗聴して様子を窺いつつ、夕飯を食おう」

と騎一は浜に下りて和久井たちが作った漁師汁の鍋の蓋を外す。

「お、まあまあ残ってる。飯盒《はんごう》のご飯はないけど、まあいい、こいつをいただくか」

尚は慌てて、

「ちょっと、それ食べちゃう気か？　盗み食いはダメだろ、和久井さんたちがまた明日の朝に食べようって言ってたじゃん」

常識的に止めた尚に騎一はニッと笑う。

「大丈夫、増やして返せば。いまのうちにツリーハウスの物置小屋から釣り竿取ってきて魚釣って具材増やしとけば許されるよ。それにもしバレたとしても、明日の朝ならもういいじゃん、最終日だし。ゲリラの役作りで食料強奪したんだって言えば結哉は納得するはずだ」

「……。」

尚は座ってポッキーでも食って待ってな、とリュックからポッキーを出して受信機と一緒に渡し、「じゃ、ちょっと行ってくる」と騎一はいきいき出かけていった。

目の前に黒い夜の海が広がるひとけのない浜にひとり残され、

（……あいつ、自分がアウトドア満喫したいからって、こんなところに置いていかれても……）

と溜息をつき、尚はしょうがなく和久井たちのブランケットの端に座り、懐中電灯をつけっぱなしにしてそばに置くと、イヤホンをつけてプラネタリウムでしか見たことのないような夜空を見上げながら耳を澄ませる。

『夜の森って真っ暗ですね』

『肝試しみたいだね。腕組もうか』

『えー、……えへへ、嬉しいです。腕組んで歩くのとか、初めてですね。でもドキドキして腕に汗かいちゃうかも』

『全然平気、結哉の汗は俺のポカリスエットみたいなものだから』

『もうー、意味わかんないですけど、なんか嬉しいです』

暗い山道で嬉し恥ずかしげに腕を組んで歩くふたりの声に、尚はツッコミ禁止、と自分に課して無心に聞こうと努める。

『……ねえ和久井さん、前にここ通ったときは竜巻が来るかもって怖かったんですけど、和久井さんが腕をしっかり掴んで引っ張ってくれて、すごい頼りがいがあってかっこいいなあって思ってたんです』

『ほんと？　俺はあのとき、結哉が俺のこと諦めるとか言うから、どうやって説得したらいいか、そればっかり考えてた』

『……ごめんなさい、僕、マイナス思考で……』

『謝らなくていいよ。俺がのんきだから、足して割ればちょうどいいじゃん』

『……和久井さん、大好き』

『え、なに、突然。嬉しいけど』

『いますごく言いたくなっちゃったんです。和久井さんといるとね、マイナス思考になってる暇がないんです。いっつもポジティブな言い方してくれるから、すごく気が楽になって、もうほんとに和久井さんの全部が大好きだから、たまにちょっと「アレ?」っていうときもあるけど、そんなのどうでもよくなっちゃって、まだ毎日好きになってってるんです』

『ありがとう、嬉しいよ。俺も結哉の全部が大好きだし、この子と出会えて幸せだって毎日嚙みしめてるよ』

臆面もない直球の告白に（やっぱり聞くだけで照れる……）と尚は赤面して膝に顔を伏せる。

でも、自分にはこの人しかいないと思える相手を見つけられたふたりに羨望《せんぼう》も覚えた。

ナオとキイチはこんな直球のやりとりはしないけど、ナオはやっぱりこの人じゃなきゃ嫌だと思ったんだろうな……と目を閉じて考えていると、

『……ねえ結哉、俺の「アレ?」っていうとこって、どこまでならギリ許せる? この一線を越えたらキライになるっていうドン引きライン知っときたいから教えて? そこは越えないように自粛するから。結哉がこれはアウトって思うところは直すから言ってね』

『んー、別に直さなくていいです。「アレ?」な和久井さんも面白くて好きだから』

『可愛いなぁ、結哉。……ねえ、洞窟着いたらHしていい? ちょっと懐かしんですぐ帰るつもりだったんだけど、結哉が大好きっていっぱい言ってくれたから、俺の斬鉄剣がズキューン! って……ってこういうことすぐ言うようになっちゃったから「アレ?」って

思われちゃうのか』

『あはは。大丈夫です、かっこいいのにちょっと残念なところも好きです。それに和久井さんは前にも洞窟Hがお気に入りって言ってたから、もしかしてそういうリクエストもあるかなって覚悟してました』

『読まれてたか。だってあそこ、結哉の喘ぎがわんわん響いてすごくよかったんだよ。……いまの大丈夫？　引いてない？　変態エロジジイすぎてやだった？』

『ううん、もっと変態エロジジイみたいなときもあるから、どんと来いです』

嘘、あそこ声が響くのか、昨夜の俺の声も響いてたとしたら恥ずかしすぎる……と悶えていると『あ、着いたよ、結哉』と和久井の声がして、懐中電灯で中を照らしたらしく、

『あれ？　シュラフとかランタンとかがある。なんでだ？』

『前のお客さんが泊まった後、片付け忘れちゃったんでしょうか』

『でもなんかすごいぴしっとしてない？　もしかして日野が俺たちがここにまた来るかもと思って用意しておいてくれたのかな、サービスで』

『すごいですね、日野さん。エスパーみたいですね』

『じゃあありがたく使わせてもらおう。いまランタンつけるね』

……よかった、思惑通り誤魔化せてる、と尚はほっとして、まもなく洞窟Hに突入したふたりの声を聞く。

ただ黙って聞いているとつい昨夜自分たちがしたことまで思い出して羞恥で悶絶しそうになるので、喘ぎの練習のつもりで同時通訳のように結哉の声を小さな声で真似してみる。あ、はっ、あぅ、や、だめぇ、舐めちゃや、あっ、待っ、それいやぁ、あぁ、やんっ、などと目を閉じて囁き声で呟いていたら、なんとなく視線を感じて目を開けると釣り竿を持った騎一が興味深そうな瞳で見下ろしていた。

尚はかぁっと赤くなり、

「なんだよ、帰ってきたならさっさと声かけろよ。いまのは暇だから練習してただけだから」

「や、俺も稽古熱心でえらいなって見てただけだから」

「……。」

見てんじゃねえよ、思いっきりニヤニヤ笑い者にする顔してるじゃないかよ、恥ずかしいところばっか勝手にのぞき見しやがって、と赤面しながら尚はイヤホンを外す。

「結哉たち、やっぱり洞窟でおっぱじめたのか」

「うん。シュラフのことは案の定和久井さん疑わずに使ってる」

「そっか、さすがO型だな。じゃあ、今日はあっちで寝られちゃうかな」

「うん、かも。……あれ、おまえもう魚釣ってきたの？」

見ると騎一は釣り竿と一緒にすでに三匹魚を手にしていて、尚は驚いて目を瞠る。

「うん、桟橋から糸垂らしたらすぐメバルとハゼが釣れた」

「すごいじゃん。餌とかどうしたの？」

「桟橋の柱にへばりついてた貝のむき身使った」

へえ、と釣りをしたこともなく、どっちがメバルとハゼかもわからない尚はひそかに感心する。

騎一は和久井たちが作った石の竈にもう一度火を入れ、鍋にミネラルウォーターを注《つ》ぎ足し、鍋の蓋をまな板がわりにして釣ったばかりの魚の内臓やエラやウロコをフォールディングナイフで器用に除いてから、海水で洗ってぶつ切りにしたそれを鍋に投じた。最後に和久井たちの調理場から失敬してきた味噌《みそ》を足す。

「……おまえ、なんでそんなことできんの？」

瞬間着火剤使用とはいえ、燃えやすいように拾った枝を組んだり、魚を捌《さば》いたり、手際《てぎわ》よく漁師汁を作り足す騎一の様子を、なにも手伝えずにただ眺めていた尚は不思議に思いながら訊いた。

「親父《おやじ》がキャンプとか好きで子供の頃よく連れてってもらったから」

へえ、うちの父親とはえらい違いだな、俺もそんな風にしてもらってたら、ここでもこんなアウェイ感なかったかも、と思っていると、騎一は魚のアラを入れたお椀《わん》と空のペットボトルと釣り竿を持って「ちょっと片付けてくるから、鍋見てて」と立ち上がった。

人様の作り置きを盗み食いするくらいなら別に一食くらい食べなくてもいいと思っていたが、魚のだしのきいた漁師汁の香りはかなり美味しそうで、内心わくわくしながらおたまで鍋をかき回していると、騎一が細い枝を持って戻ってきた。

隣に座った騎一はパキンと真ん中から枝を折ってナイフで半分から先を削ったものを二本作って差し出し、

「おまえ潔癖だから、和久井さんか結哉の使用済みの箸とかやだろ？　いま削ったばっかりで綺麗だから、それ使いな」

「……ありがとう」

意外な心遣いに小さな声で礼をして、よそってくれた漁師汁をワイルド箸で食べていると、尚が一杯食べる間に騎一が鍋の半分以上を胃におさめながら言った。

「これで米の飯があれば完璧だったな。いまからでも炊くか」

「え、いいよ。ほんとに妊夫なんじゃないのっていうくらい底なしだな、おまえの胃袋」

せっかく作り足したんだから、和久井さんたちの分残しとけよ、と心配しながら食べ終わると、

「昼間だったら潜ってもっといろいろ獲れたと思うんだ、この海。魚も多そうだけど、たぶん、サザエとかトコブシとかウニとかも獲れるはずだ」

海女《あま》かよ、ほんとにこいつはいつどこの無人島に漂流しても楽しく美味しく生きていき

そう、と思っていると、騎一は「ちょっと待ってな」と立ち上がり、懐中電灯を片手に桟橋のほうへ行った。

なんだろう、ウニとか言ってたらほんとに食べたくなって夜の海に潜るつもりなんだろうか、でも暗くて見えないんじゃ……と思いつつ目で追うと、騎一は桟橋の先端あたりでしゃがみこみ、なにやらがさごそやっている。

騎一がこちらに懐中電灯を点滅させて「尚、ちょっとこっち来てみな」と叫ぶので、なんだよ、と思いながら懐中電灯で足元を照らしてそばまで行くと、騎一は上のほうに小さな穴を開けた海水の入ったペットボトルを持って待っていた。

「尚、懐中電灯消して、ちょっとこのペットボトル、ぱしって叩《たた》いてみ？」

「……なんで？」

「いいから。いいもん見せてやる」

底に沈んだ魚のアラと水しか入っていないように見えるが、自信ありげな騎一の顔に、尚は言われるまま懐中電灯を消す。

急に真っ暗になって黒い影にしか見えない騎一の持つペットボトルのあたりを狙いをつけて叩いた瞬間、目の前がぽわっと青く光って尚は目を瞠る。

騎一の両手の間に小さな宇宙が出現したように点々と青白く発光する不思議な光に目を奪われながら、尚は小声で訊いた。

「……これ、なに？」

「海ホタル。貝ミジンコの仲間なんだけど、振動与えると光るんだ。綺麗な海の底にいるから、ここにはいそうかなと思って、さっきペットボトルでワナ作って沈めといたんだ」

「へえ、海ホタルって名前は聞いたことあるけど、こういう生き物だって初めて知った」

幻想的な青い光に見とれながら「……綺麗だな」と呟くと、騎一は企《たくら》みが成功した子供みたいな笑みを浮かべて、

「だろ？　感激したか？　アウトドア嫌いな尚がこの島に来て一個もいい思い出がないまま帰ると可哀想《かわいそう》だと思ってさ。一個くらい綺麗なもん見せてやりたかったんだ」

「……。」

星明かりの下、美しい青い光を見つめながら騎一の言葉を聞いていたら、なぜかきゅっと胸が詰まり、不意に台本のナオのモノローグを思い出した。

『ほんとに苦手なところばっかりなのに、絶対嫌いな部分のほうが多いのに、でもほんのちょっとだけ、ここは嫌いじゃないかもっていうところがあるんだ。

うまくいえないけど、ほんのたまに懐が大きそうなところが見えたり、可愛げがあるようなところを見せるから、ほかの苦手な部分に目をつぶれたりするんだ』

役に入ろうと意識したわけではないのにいつのまにかナオの気持ちとシンクロしていた自分に気づいて困惑していると、いきなり首を引き寄せられてキスされた。

なぜいまそうされるのかわからず目を瞠る尚の唇に一瞬触れただけで騎一はすぐ離れた。

「……あの、なんで？　……稽古中でもないのに」

戸惑って小声で問うと、意味のわからない答えが返ってくる。

「したくなったから」

「だからなんで」

それじゃ答えになってない、と赤くなって咎めると、騎一は数秒黙ってから言った。

「尚のこと嫌いじゃねえから」

「……。」

なんだよそれ。おまえは嫌いじゃない相手には誰にでも唐突にキスするのか、と釈然としない気持ちで眉を顰めると、騎一はまた数秒のちに言った。

「もっと率直に言うと、好きだから」

「……え？」

海ホタルの淡い光を映す瞳にはいつものふざけた笑みが浮かんでおらず、尚の鼓動がドキリと跳ねる。

……いや、ドキッとしてる場合じゃないし、と慌てて首を振りながら尚は言った。

「……それ、真顔の冗談だろ？」

「や、本気。最初にホンもらったときは普通にメンバーのひとりって思ってたけど、稽古で長く尚と一緒にいたら、クールな顔してひたむきなとことか努力家なとことかだんだん『なんかいっかなー』って思って、この島に来たら、またいろいろ日頃のクールさとは程遠い尚のどんくさい一面もいっぱい見て可愛くてツボっちゃったから」

「……。」

「なんかいっかなー」ってなんだよ、軽いだろ。しかもどんくさい一面がツボったとか失礼なこと言ってるし。それに男同士なのに、もっと悩めよ。俺はおまえなんか全然いいかななんて思ってないし、もしヘビ見つけたら素手でつかまえて皮剥いで食っちまいそうなワイルドな食欲魔人は苦手なんだよ。

そう思うのに、

「俺、いままで俺のこと嫌いな奴のことわざわざ構ったり振り向かそうとか思ったことねんだけど、尚のことは振り向かせたい。俺が『恋する遺伝子』のキイチを自然に演じられるのは、ほんとに尚のこと可愛いって感じてるからセリフが嘘っぽくないんだと思う。尚の真面目にやってるだけなのに妙にコントになっちゃうとことか、勝気でプライド高いのに割とヘタレでどんくさいとことか、中身お嬢様なとことか、思考回路が全然違うから面倒くさいけど、それが面白くてハマっちゃって、好きになっちゃったんだよ。……尚、島から帰ったら、ちゃんとつきあわねえか、俺たち」

どうやら本気らしい告白に、さぁっと顔が赤らむのが自分でもわかった。

なに言ってんだよ、いいよ、って答えると思ってんのかよ、と思いながらも、絶対ありえない、と断固却下するほど嫌でもない自分に困惑する。

なんて返事したらいいのかわからず、思わず、

「……一度寝たら、彼氏面かよ」

調子に乗ってるのはそっちじゃないの、と赤い顔で言うと、騎一はニッと笑い、

「そりゃあ乗るよ。尚のお嬢な性格的に、いくら役のためでも死ぬほど嫌いな奴と寝るなんて絶対できねえだろ？　昨日好きだって打ち明けずに役作りで通したのは悪かったけど、あの時点で直球で告白してもきっと尚は『男同士なんて常識的にありえない』とか『バカップルに触発されただけに決まってる』とかまともに受けとってくんねえと思ったから、賭けたんだ。もし尚が役作りでも俺と寝るって言ったら脈アリだって。だって尚はもし俺じゃなくて座長から降板させないかわりに抱かせろって言われたら、させるか？」

「……。」

座長がそんな交換条件を出すはずはないが、仮にもし言われたと想像したら、それはできないと即答すると思った。

騎一は勝ち誇った表情で、

「な？　だから尚は俺のことほんとはそんなに嫌いじゃなくて、弾みで『仲良く』してもいいくらい好きなんだよ。俺も尚のこと好きだし、恋人役をきっかけにほんとにつきあっ

ちゃおうぜ？　それに一度寝ただけじゃ彼氏面しちゃダメなら、何度も寝たら彼氏面していいんだよな？」

「は？」

なにそのマイルール、まだいいとか、もしかしたらほんとに俺も嫌いじゃないかもとか、おまえが土下座して頼むならつきあってやってもいいけど、とかなんにも返事してないのに、と心の中で喚きながら、尚は騎一に引きずられるように桟橋の上を走らされた。

「んっ、ちょっと触んな、せっかくお湯に入れてあったかくて気持ちいいんだから、ゆっくり浸からせろよ」

海との境を岩と石で丸く囲んである海中温泉に浸かり、岩の上に置いた海ホタルの青い輝きを見ていた尚は、横から手を伸ばして乳首に触れた相手の手を邪険に払う。

さっき桟橋から浜に戻って和久井たちのブランケットの上に押し倒されたが、この上でさんざんふたりが生クリームプレイやなりきりプレイをしていたと思うといまひとつその気になれず、身体も洗ってないからダメ、と拒むと、「もう潔癖お嬢め」とぶーぶー言いながら騎一は尚を温泉まで連れてきた。

そっち向いて出るまで待ってろ、と言ったのに、尚が砂の上で服を脱いで温泉に入ったらすぐに隣に入ってきてしまう。

一応つきあうことになったらしい当日に一緒に風呂に入るなんて、尚の基準では手順や進行ペース的におかしいが、すでにつきあうことになる前に寝てしまい、もうとっくに順番がおかしいし、そもそも相手のほうが順番無視のフリーダム男なんだからもういいか、と思いながらお湯の中で手足をこすっていると、騎一が懲りずにちょっかいをかけてくる。

「待てってば……ンッ」

待ちきれないように強引に相手の裸の胸に抱き寄せられてキスされ、戸惑いつつも期待に胸が逸《はや》る。

昨日はジェントルプレイを心がけるという言葉通り優しく撫で回されてとろとろにされてしまったが、今日は我が物顔で舌を絡めながら乳首をぐにぐに弄られる。

がっつくな、と言いたいのに身体が昨夜の快楽を覚えていて、すこし強引な愛撫にもすぐ身体のあちこちに火が灯り、湯の中で性器がゆらゆらと半勃ちになってしまう。

昨夜は策士に役作りと言いくるめられてしまったが、過剰なサービスや、何度も抑えられないように求められたことや、大事そうに体中触れられたことなどを思い返すと、口実はどうあれ態度が直球だった気がして満更でもない気分になってしまう。

こいつ俺のこと好きだったのか、と思ったら、前から苦手意識はあっても一目置いていた相手から憎からず想われていた事実にひそかにときめいた。

元々お節介な奴とはいえ、この島に来てあれこれ迷惑をかけてもなんだかんだ気遣ってくれたことを思い出し、わかりにくいけどさりげなく優しいところは嫌いじゃないかも、と思う。

乳首を吸いながら性器を気持ちよく昂めてくれる相手に、今日は自分もすこしはサービスしてやろうかな、という気になり、尚は湯の中で相手の性器を探して手を伸ばす。

相手のものはすでに硬くて、恥ずかしさを堪えて握って擦ってやると、

「……今日は積極的じゃん。昨日はちょっと触らせただけで手引っ込めてたのに」

「もう慣れた。昨日さんざん入れられたから」

照れ隠しに素っ気なく言うと、騎一は含み笑って、

「慣れたんだったら、ここでもできる？　ナオみたいに」

と唇のあわいに指を入れてくる。

温泉は海水なので指は塩辛い味がした。

片手で乳首をこねまわしながら指を口から軽く出し入れされ、ひどく淫靡な気分にさせられて、尚は舌で指を追い出しながら言った。

「……じゃあやってみる。おまえみたいにエロい舐め方はできないと思うけど」

黒い海を背にして岩に掛けた騎一の足の間に入り込み、屹立を掴んで唇を寄せる。

あたりは星明かりと海ホタルの光だけの薄闇なのも尚を大胆にさせ、舌を出して先端を舐め、くびれまで咥える。

海水の塩気と先走りの味がするそれを昨日相手にされたように頬ばって、舌で愛撫する。上から小さく吐息が聞こえ、拙い舌技でもすこしは感じているのかと思ったらしてやったりという気分になって、もっと口を開けて奥まで含んでやる。

男のものを咥えるなんてほかの人には演技でもしたくないから、やっぱり自分はこいつのことを特別だと感じているのかも、と舐めながら思う。

「好き」とか「おまえと出会えて、仲良くなれて嬉しい」なんてナオみたいには言えないけど、いままでも苦手なのに存在が気になって目が離せなかったたってことは、たしかに自分にとってはずっと特別な相手だったのかも、と思ったとき、

「尚、口に出されるのと顔にかけられるのならどっちがいい？　どっちもやだったら、いれさせて」

と品もなにもない三択をふられて、ほんとにこんな奴が特別なのか、と自問したくなる。

口から大きな性器を出して「口の中も顔もやだ」と正直に言ったら、ざばっと腕を掴んで引き上げられ、騎一が掛けていた岩に伏せさせられ、背後から足を開かされていきなりそこを舐めあげられた。

「ちょ、やめっ……！」

驚いて叫んでも相手は余計舌を尖らせて入口をつついてきて、早く入りたいと態度で示すようにべちゃべちゃに舐め回される。

「やっ、やだ、舐めんな、そこ、汚いから、騎一っ……！」

「気にすんな。俺も気にしねえから。なぁ、さっきの練習はどうしたんだよ、『舐めちゃや』って言わねえの？」

「俺が言うわけないだろ、エロカワキャラじゃないのにっ…ちょ、やだ、舌入れんなっ……！」

二本の人差し指で拡げた後孔に熱い舌をねじこまれ、かき回すように舐められて恥ずかしくてたまらないのに気持ちよさに腰が揺れてしまう。

この羞恥に耐えたら昨日身体に教え込まれた脳まで痺れそうな快楽をまた味わえるのかと思うと、拒絶より期待感で震えた。

舌が抜かれて指が入ってくると、すぐに気持ちいい場所を刺激されて悶えさせられてしまう。

ごめん、もう入れる、と言いながら性急に騎一の屹立を押し当てられ、尚はぎゅっと岩にしがみついて受け入れた。

最奥《さいおう》まで入れられたら背が反るほど気持ちよくて、もうなにも考えずこの圧倒的な快感に浸ろう、と思ったとき、ズッと少し動かされた途端、快感と共に急に尿意まで感じてしまい、尚は焦る。

　こんなときにどうしよう、午後からずっと行ってなかったから、と尻をもじつかせ、このまま抽挿されたらマズいことになる、と動揺して、尚は羞恥にためらいながら腰を掴む相手の手に触れて小声で言った。

「あの、騎一、ごめん、一回抜いて……。またおしっこしたくなっちゃった……」

なんでこんなことをこいつに何度も言わなきゃいけないんだ、と耳まで赤くして子供じみた訴えをすると、「え」と間の抜けた声がして、

「なんだよ、また我慢して行ってなかったのかよ。……ダメ、悪いけど、抜けない。尚がおしっこ我慢して尻もじもじさせると中もうねってめっちゃ気持ちいいから」

「……っ！」

　鬼のようなことを言われ、泣きそうになりながら尚は懇願する。

「そのへんでしてすぐ戻ってくるからっ」

　必死に腰を掴む手を剥がそうとするのに、騎一はぎゅっと掴んだまま離してくれず、より深く腰を入れてくる。

「ちょっ、ダメだって、ほんとに漏れそうなんだってば！」

「いいよ、もうそのまま海にしちゃえよ。大丈夫、サーファーとか普通にやってるし、海水は体液と同じ組成だから、気にすんな」

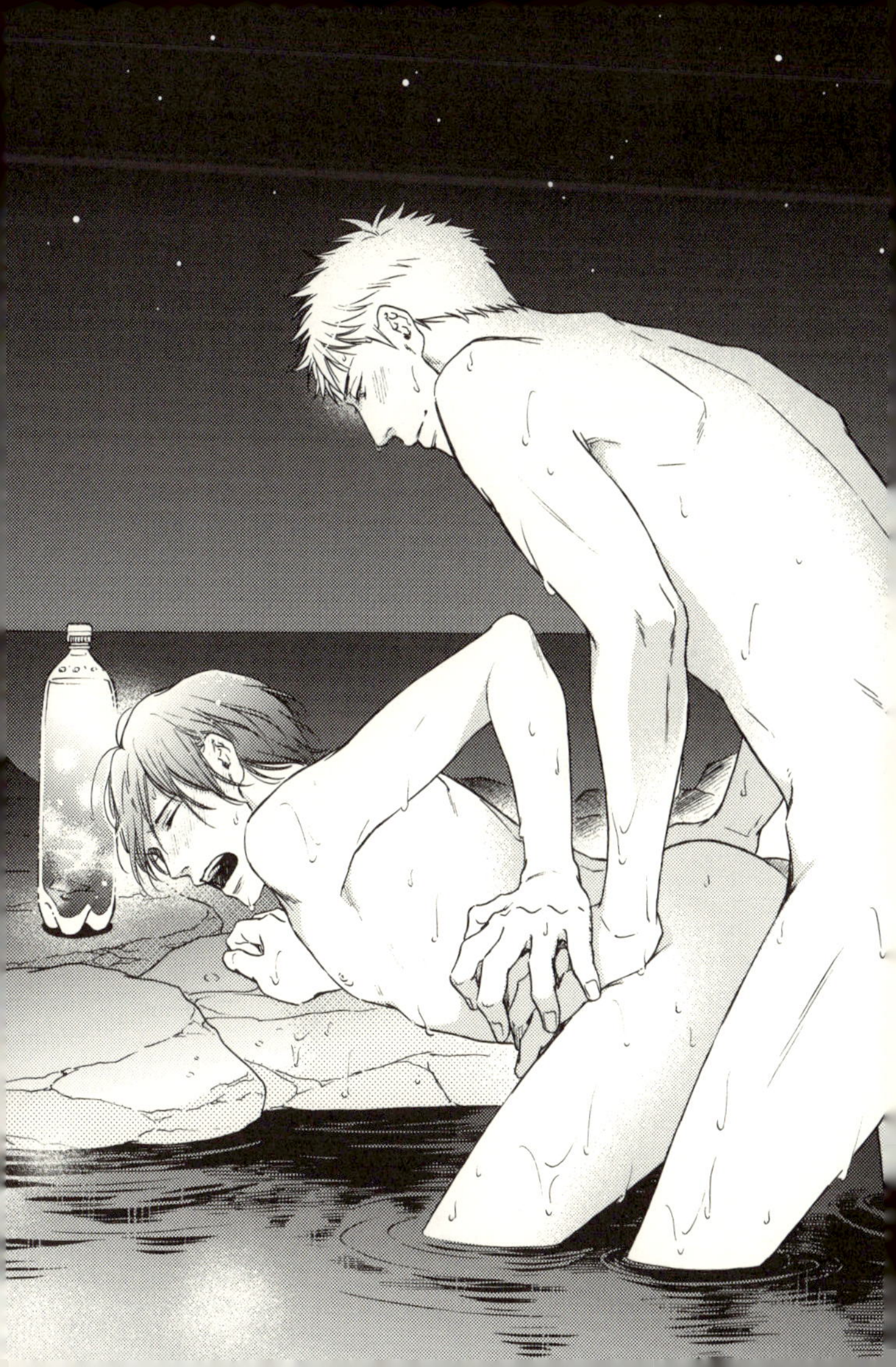

「気にするよっ、やだ、揺すんな、漏らしちゃうのやだからっ、騎一ぃ……！」

「だっていま抜けったってマジ無理だって」

騎一は岩に伏せて身をよじる尚を背後から立たせ、震える性器を海のほうへ向けて上向きに握ると奥に入れたものでぐりりと弱いところを突いてくる。

「あっ…やだ、ダメ、ほんとに、お願いっ、も、…おしっこ出ちゃうっ……！」

悲鳴のように叫んでも許されずに気持ちいいところを狙って押し込まれては引き抜かれる。やめてくれない激しい抽挿に尚は堪えきれずに涙を浮かべながら海に放尿させられた。

「やぁっ……もう、ひどい、バカ騎一ぃっ！」

排尿に続いて白濁を飛沫《しぶ》かせた尚の締め付けに騎一も達し、中に出されるのを感じる。ずるりと抜かれて、かくっと力尽きてお湯の中にへたりこむと、背後から抱きしめて肩に顔を乗せた相手が満足げに言った。

「すっげーよかった。今度明るいとこで見たい、尚のお漏らしプレイ」

なにを言っているのか、と耳を疑うふざけた言葉に尚はぜいぜい喘いでいた息を止め、ばしゃっとお湯を相手の顔にかける。

「ないから、次は。別れるから、変態とは」

失禁するほどよかったとかならともかく、いまのは全部おまえのせいだし、不可抗力じゃないか、と怒りと羞恥と屈辱に「離せよ」と抱え込む腕から逃れようと暴れると、くるりと向きを変えられて相手の上に跨がらされてしまう。

こっちは怒っているのになぜか騎一は嬉しそうに笑って、

「尚、つきあおうって言ったとき返事くれなかったけど、ちゃんとつきあう気でいてくれたんだ。別れるって言うってことは」

「……。」

揚げ足取りと詭弁の達人に口で敵《かな》うわけもなく、おまえが返事する間も待たずに始めちゃったんだろ、と思いながら尚が唇を尖らせて黙っていると、ちゅっと唇を合わせられ、また変な二択をふられる。

「じゃあ、尚の機嫌を直すためにどっちが効果的？　a．俺の放尿姿も見てもらって恥ずかしさをおあいこにする　b．いろいろ気に食わないけど身体の相性がいいから別れるのよそう、と思ってもらえるように超気持ちいいHをする」

「……。」

どっちも効果的じゃねえよ、特におまえの放尿姿なんか死んでも見たくねえよ、と回答拒否で怒りを表明しているのに勝手にbを選んだことにされて乳首に吸いつかれてしまう。

不本意なことに本当に身体の相性はいいらしく、昨夜丹念に開発された身体は愛撫に抵抗らしい抵抗もできないまま、今度は半身を湯に浸かりながら向かいあって繋がれる。

相手に抱きついて突き上げを味わっていたら、「尚、同じ変態ならどっちが好み？　a．

和久井さん　b．俺」と耳を齧りながら訊かれる。

変態は好みじゃないけど、ほかに溺愛対象がいる人はやだし、どっちがマシかと言われたら、しょうがないから消去法でbかな、と思いながら、尚は最中に変な質問をしてくる唇を自分の唇で塞いで黙らせた。

深夜まで続いた海中温泉プレイのあとツリーハウスで眠った尚と騎一は、翌朝洞窟から下りてきた和久井と結哉の「なんでー!?」という絶叫で起こされた。

騎一は大あくびしてから起き上がり、和久井と結哉に晴れやかな顔で笑いかけ、

「驚かせてすいません、実はふたりの愛ランドじゃなくて、四人の愛ランドだったんです」

な？　と同意を求められて、尚は赤面して視線を逸らし、渋々小さく頷いた。

あとがき

こんにちは、またははじめまして、小林典雅《こばやしてんが》と申します。

本作は「嘘と誤解は恋のせい」「恋する遺伝子」に続く三巻目になります。この巻だけでもわかるように書いたつもりですが、もし未読の方はバカップルの変遷なども わかりますので是非既刊も併せてお読みいただけたら嬉しいです。

続編のお話をいただき（全編幸せなイチャラブにする＆騎一《きいち》をかっこよく書く）という意気込みで頑張ったのですが、やたらウ○コシッコ言ってるし、和《わ》久井《くい》と結哉《ゆいや》は相当やらかしてるし、座長と箭内《やない》も変人過ぎだし、ドン引きされたらすみません。策士攻と鈍感受が好きなので楽しく書きました。バカップルとツンデレカプを両方楽しんでいただけたら嬉しいです。今回担当様とした内輪受け話は次のシベブリ公演は「恋襲ね《こいかさね》」で、尚《なお》はお佐夜《さよ》役だというネタで盛り上がりました（佐夜をご存知ない方は花丸黒の「恋襲ね」をご参照ください）。

小椋《おぐら》ムク先生、また描いていただけて本当に幸せです。冬発刊なのに夏の無人島が舞台なのですが、アホエロップルで暖を取っていただけたら嬉しいです。

Hanamaru Bunko

作家・イラストレーターの先生方へのファンレター・感想・ご意見などは
〒101-0063 東京都千代田区神田淡路町2-2-2
白泉社花丸編集部気付でお送り下さい。
編集部へのご意見・ご希望などもお待ちしております。
白泉社のホームページはhttp://www.hakusensha.co.jpです。

白泉社花丸文庫
クレイジーな彼とサバイバーな彼 ～嘘と誤解は恋のせい～

2013年11月25日　初版発行

著　者　小林典雅©Tenga Kobayashi 2013
発行人　藤平 光
発行所　株式会社白泉社
〒101-0063 東京都千代田区神田淡路町2-2-2
電話 03(3526)8070(編集)
03(3526)8010(販売)
03(3526)8020(制作)

印刷・製本　図書印刷株式会社
Printed in Japan　HAKUSENSHA　ISBN978-4-592-87718-9
定価はカバーに表示してあります。